José Salazar Duarte

Historias de Fantasmas, Brujas y algo más

Índice

Prólogo Pag.7

Cuando el Pajarito Cante Pag.9

La Vergüenza Pag.15

¡Chucho! ¡Chucho! Pag.24

Las Brujas les gusta la sal Pag.37

Ermenegilda de Núñez Pag.49

Mi tío Antonio Pag.82

El chinchorro negro Pag.89

Bolas criollas Pag.94

El grito de la muerte Pag.102

La Bola de Fuego Pag.115

Las cruces del camino Pag.151

¿El mal existe? Pag.168

Exorcismo, primera sesión Pag.176

El antropólogo Pag.191

Segundo exorcismo Pag.206

¿Sugestión? Pag.219

Cristina Pag.224

Tercer exorcismo Pag.229

Prólogo

¿Qué es lo que nos hace humanos? ¿Qué es lo que nos define como individuos y como colectivos? ¿Qué es lo que nos conecta con el pasado, el presente y el futuro? Estas son algunas de las preguntas que este libro intenta responder a través de las historias de fantasmas y tradiciones de un país hispano.

Este libro no es solo un libro de terror, aunque contiene relatos que te pondrán los pelos de punta. Es un trabajo donde se refleja el amor, el humor, el drama, la aventura, la cultura e historia de un pueblo y su espiritualidad. Es una obra que te muestra el alma de un país hispano a través de sus fantasmas.

Los fantasmas son más que simples apariciones o manifestaciones sobrenaturales. Los fantasmas son también expresiones de la memoria, de la identidad, de la creatividad, de la fe y de la resistencia de un pueblo que ha sabido convivir con lo inexplicable. Los fantasmas son parte de la vida de las personas que habitan este libro, que comparten sus experiencias, sus sueños, sus decepciones, sus pasiones y sus renuncias con los espíritus de su tierra.

Este libro te invita a conocer un mundo donde lo natural y lo paranormal se fusionan, donde la realidad y la ficción se confunden, donde lo cotidiano y lo extraordinario se complementan. Aquí te puedes transportar a un universo donde lo mágico y lo real se entremezclan, donde lo histórico y lo legendario se encuentran, donde lo humano y lo divino se reconcilian.

Esta publicación te abre las puertas a la cultura latinoamericana de una manera que te sorprenderá, te emocionará, te hará reír, te hará llorar y te hará reflexionar. ¿Te atreves a entrar?

Cuando el pajarito cante

Maracay, estado Aragua 1943

"La muerte es algo que no debemos temer porque, mientras somos, la muerte no es, y cuando la muerte es, nosotros no somos."

- Antonio Machado

En la oscuridad de aquel recinto, resonaban las voces cargadas de preocupación. "Pobrecito niño, tan pequeño y qué pérdida la que tuvo"; susurró uno de los presentes. Una tragedia se cernía sobre la familia, como una niebla que impedía pensar con claridad, imposibilitando el momento de enfrentar al niño con la verdad.

"En algún instante, tendrán que revelárselo", agregó otro con tono pensativo, como si las palabras curaran la tristeza. La conversación fluía en un susurro entrecortado, una especie de baile delicado entre las palabras, como si estuvieran caminando sobre un campo minado de emociones crudas y temores.

En la habitación contigua, un niño sumido en su propio mundo de fantasía manipulaba soldaditos de plomo con destreza infantil. Ese cuarto era su refugio, donde el estruendo de la realidad aún no había llegado a perturbar su tranquila imaginación. Sin embargo, la madre, como un suave viento que sopla entre las cortinas, irrumpió en ese santuario improvisado.

- Miguel, hijo querido, – murmuró con un tono lleno de cariño y preocupación. El niño apartó momentáneamente sus pensamientos bélicos y se volvió hacia su madre. - ¿Qué haces aquí?, – indagó ella con ternura, tratando de comprender el mundo que él estaba creando.

- Estoy jugando, mamá, – respondió el niño con inocencia, como si cada una de sus palabras llevara consigo una pequeña partícula de magia. Soy un general que prepara sus tropas para la gran batalla. Como Mambrú, el que se fue a la guerra. Pero yo regresaré, mamá. Con mis tropas victoriosas y medallas brillantes. Me casaré con una princesa y nuestro amor será coronado en la majestuosidad de Francia.

Las palabras del niño flotaban en el aire, como mariposas que danzan en el jardín de sus sueños. Sus ojos brillaban con la certeza de su propio destino. – Bailaremos en París, tú y yo, – continuó con entusiasmo. Y mi papá bailará contigo mientras yo giro con la princesa que será entonces una reina. La gente nos amará, mamá, porque seré un Rey justo y bueno.

Luego continuó, – Y será todo como aquella vez en que celebraron mi cumpleaños en la casa de la abuela, cuando yo sentía que iba a reventar por la cantidad de pasteles que compartí con mis primos. ¿Recuerdas esa ocasión? Fue un momento tan hermoso, ¿no es cierto?

La respuesta de la madre llegó como un suspiro cálido, envuelto en nostalgia y amor. – Sí, mi querido, fue un día maravilloso, – susurró con voz tierna. Sus ojos parecían tejer recuerdos mientras hablaba. – Y fue maravilloso, en gran parte, por ti. Porque eres un niño excepcional, lleno de bondad y ternura. Los niños buenos, como tú, siempre reciben recompensas especiales de Dios.

La madre observaba al niño con una mezcla de tristeza y admiración. En aquel momento, comprendió que las fantasías infantiles eran su manera de escapar del dolor que la vida había arrojado sobre ellos. Un dolor que, tarde o temprano, tendrían que enfrentar y asimilar. Mientras tanto, en aquel rincón de la habitación, el pequeño general continuaba construyendo su reino de sueños, un refugio donde la realidad no tenía poder para penetrar.

La reunión continuaba fuera de la habitación, mientras la tía del niño, con ojos húmedos, preparaba la ropa que acompañaría a su ser querido en su última morada. "Este vestido le pondremos", susurró con un temblor en la voz, "era su preferido. Y aquí, estas fotos de la familia, para que nunca se sienta sola".

La puerta permanecía entreabierta, permitiendo la entrada y salida de vecinos con sus condolencias, unos por simpatía, otros por curiosidad, algunos más ofrecían ayuda, dispuestos a disminuir cualquier necesidad. En ese trasiego de almas, el sol se desvanecía en el horizonte, y la hora llegó de dirigirse a la funeraria para honrar al fallecido. Mas, antes de proseguir, una cuestión urgía: comunicar la noticia al niño.

El abuelo alzó la pregunta que flotaba en el aire cargado de dolor. – ¿Quién asumirá la tarea de decirle a Miguel?, – preguntó con voz quebrada. Entonces, un eco de voz, derrotado y confundido, se alzó. – Soy yo quien debe hacerlo, me ofrezco, – se escuchó, una voz que resonaba como eco de un lamento compartido.

Un leve golpeteo en la puerta del cuarto del niño, seguido de una voz que pedía permiso para entrar. – Miguel, Miguelito, ¿puedo pasar?, – preguntó la voz con ternura. Desde su mundo de batallas imaginarias, el niño respondió, – Entra, pero cuidado con los soldados de plomo, están formados para la batalla. El visitante entró con precaución, levantó al niño y lo sentó a su lado en la cama, como un confidente.

- Hijo, – comenzó el hombre con voz entrecortada, – hay algo que necesito compartir contigo. Algo triste, para mí y para toda la familia. Los ojos del niño, inocentes y curiosos se clavaron en los del padre. – Papá, ¿por qué tienes lágrimas en los ojos? ¿Qué está pasando?, – preguntó con sincera confusión.

Con voz temblorosa, el padre empezó a explicar, tratando de encontrar las palabras correctas. – Sabes, tu mamá ha estado enferma. Ha estado sufriendo mucho. Por eso, Dios la llamó para llevarla al cielo, donde ya no sentirá dolor. No volveremos a verla, hijo. Las lágrimas rodaron por las mejillas del padre, mientras sostenía al niño con fuerza.

- Papá, eso no es cierto, – interrumpió el niño, como una ráfaga de esperanza en medio del pesar. Mi mamá estuvo aquí hace poco. Me dijo que no me ponga triste, que ella nos cuidará y que vendrá a buscarme cuando cante el pajarito. La respuesta del niño, impregnada de fe y creencia en un mundo mágico, dejó al hombre perplejo, en un encuentro entre lo real y lo imaginario.

Los años avanzaron, Miguelito creció, formó su propia familia y trazó su propia historia. La vida siguió su curso, con alegrías y tristezas. El tiempo borró las lágrimas y reemplazó el duelo con el anhelo de un futuro. A los 86 años, Miguelito se encontró enfrentando su propio final, enfermo y frágil en un hospital.

Mientras su hija menor, que llevaba el nombre de su madre, se encontraba en la casa de su padre, preparando algunas cosas, un ruido capturó su atención. Intrigada, abrió un escaparate y de él emergió un hermoso pájaro azul, que se posó en el umbral de la ventana. Su canto resonó como un eco familiar, y en un instante, el ave alzó vuelo, dejando tras de sí una melodía de esperanza.

Un escalofrío recorrió la columna de la joven, conectando las piezas de una historia que la envolvía desde la infancia. El teléfono sonó, y la noticia llegó: – Rosaura, papá se fue, pero su partida fue serena, como si sonriera. Al soltar el teléfono, una sonrisa triste pero llena de significado cruzó su rostro, mientras sus ojos se posaban en la ventana. "Porque ella vendrá a buscarte cuando cante el pajarito", murmuró, dejando que la magia de las palabras y los recuerdos llenara su corazón una vez más.

La vergüenza

El Baúl, estado Cojedes 1930

"Antes de embarcarse en un viaje de venganza, cave dos tumbas"

- Confucio

En el tranquilo rincón del llano venezolano, en el año 1929, en el pueblo de El Baúl, un suceso tumultuoso se desencadenó y sacudió la apacible vida de sus habitantes. En medio de la algarabía y la confusión, dos figuras destacaban en la escena.

- ¿Ese no es Don Benancio? – susurró Marta, con voz llena de preocupación. ¿Qué hace con ese cuchillo? La camisa parece estar empapada en sangre.

- ¡Carajo, Marta! exclamó su compañero, visiblemente perturbado. Está persiguiendo a su esposa, la maestra. ¡Dios mío! Yo creo que la sangre en su camisa proviene de ella. La ha apuñalado.

Marta, sin embargo, no podía simplemente alejarse. Su instinto de compasión la urgía a intervenir:

- Pero ella está en peligro, debemos ayudarla.

- Pinga[1], vámonos de aquí. Eso es peo de pareja y ese viejo es muy jodío[2]. Yo no me meto en eso.

---

[1] Pinga es una expresión muy venezolana que puede reflejar algo malo o algo bueno según el contexto. Es una referencia a miembro sexual masculino
[2] Jodío, difícil

La figura central de este drama era la señora Gloria, una mujer de unos treinta años, de cabello rubio y ojos azules, no muy alta pero bien proporcionada, muy bonita eso sí. Sus raíces se extendían hasta las Islas Canarias, traídas por sus abuelos en busca de una vida mejor. Habían llegado al país a principios del siglo pasado con el objeto de buscar una mejor vida, pero habían escogido el pueblo equivocado y entre las numerosas guerras civiles y las enfermedades típicas del trópico, se habían quedado estancados en el alto llano del estado Cojedes.

En su juventud, la señora Gloria se trasladó a la ciudad de San Carlos para así lograr culminar sus estudios de docente. En esa época no era común que una mujer estudiara, pero Gloria era más independiente que la media de las mujeres de su época. Regresó a El Baúl para cuidar a sus ancianos padres y allí conoció a Don Benancio, un próspero comerciante del pueblo, un hombre rudo, no dado a las demostraciones de cariño o posiciones romanticonas, dueño también de algunas tierras las cuales agendaba según su criterio, quiero decir con esto que la mayoría del terreno era improductivo debido a que no había ninguna norma que obligara en ese entonces como ahora a que los dueños de las tierras mantuvieran sus tierras en provecho. Era él, descendiente de gente dura que estaban ahí desde antes de la independencia y que eran producto de la liga del blanco español con el indio y el negro. Gente café con leche como Simón Bolívar[3] describiera en su oportunidad a los venezolanos.

---

[3] Simón Bolívar, el Libertador de América

Teniendo esta descripción como antesala hubiese sido de esperar que Benancio no fuera del agrado de Gloria, pero en los años 20, en un pueblo como el Baúl, donde la calle Real del pueblo era, como les diría, la totalidad del pueblo no había muchos partidos como para escoger. Eso sí, algo que nadie puede negar es que Benancio era un hombre de palabra y de un proceder correcto dentro de lo que cabe para esa época. No tomaba lo ajeno, no dejaba de pagar sus deudas y no le tenía miedo ni al mismo mandinga.

En resumen, permítanme relatarles que entre ellos no floreció el romance, sino más bien se trató de una suerte de acuerdo comercial. Él proporcionaba los medios, y a cambio, Gloria asumiría el rol de esposa devota, dispuesta a cumplir con lo que su esposo determinara. Después de un breve período de compromiso, dieron el paso hacia el matrimonio. Sin embargo, las aspiraciones de él por mantenerla en casa, siguiendo la tónica de la época, se encontraron con la firme determinación de Gloria, quien priorizó su vocación docente sobre la autoridad marital.

Los días de Gloria se repartían entre el hogar y la escuela. Su figura era querida y respetada por los habitantes del pueblo. Se destacaba por su dedicación, responsabilidad y preocupación sincera por sus alumnos, a quienes trataba como si fueran sus propios hijos. Aunque mantenía la firmeza propia de las maestras de aquel tiempo, evitaba recurrir a los métodos coercitivos comunes de aquellos tiempos.

El semblante en el hogar era próspero hasta que llegó uno de esos días en los que el destino parece tramar que todo se torne adverso. Benancio se encontraba en una partida de cartas, y el ambiente estaba cargado de la efusión de las bebidas. Las palabras y los comentarios empezaron a surgir, avivando las tensiones, y una broma siguió a otra, cada vez más exacerbadas, hasta que finalmente las colisiones de opiniones se tornaron inevitables.

Una mala broma dirigida a Don Pedro desencadenó un giro inesperado. Don Pedro sugirió insidiosamente que las ganancias de Benancio deberían ser compartidas con aquel que aconsejaba a su esposa.

- ¡Dios mío, qué insensatez!, – exclamó alguien entre la confusión. ¡Caracha mijo! ¡Ese viejo estaba loco! Tuvo suerte que Benancio no cargaba su revolver en ese momento porque lo hubiese "reventao a plomo[4]".

No obstante, hicieron falta 5 hombres para evitar que Benancio matara a golpes al viejo Pedro. Pedro fue conducido en silencio a través de la puerta trasera, mientras que Benancio fue retenido en un esfuerzo por controlar la situación, pero la determinación del Baulero[5] resultó incontenible. Finalmente, se liberó con una fuerza desafiante. Emergió de la escena con una furia ardiente, como un espectro desatado. La gente que pasaba por la

---

[4] Expresión usada a Venezuela para referirse a recibir muchos disparos
[5] Baulero, oriundo del pueblo del Baúl

calle principal del pueblo evitaba cruzar su mirada, tal era la intimidación que emanaba de su figura.

Los detalles de lo que realmente sucedió permanecieron envueltos en un manto de misterio. Ninguna certeza emergió en cuanto a si había existido una relación ilícita o no. Las versiones eran variadas y dispersas. Algunos murmuraban que se trataba de un forastero que visitó el pueblo por unos días. Otros insinuaban que podría haber sido el hijo de Don Pelayo. Hubo incluso quienes aventuraron que el alcalde estaba involucrado. Incluso el respetado cura del pueblo no escapó de ser arrastrado a esta trama.

Según el relato de mi padre, la semilla de esta intriga podría haber sido plantada por la lengua viperina de Don Pedro. Viéndose abocado a una derrota en una apuesta importante, Don Pedro podría haber lanzado una infamia sobre la señora Gloria. Esta calumnia nacía de su sed de venganza por su propia derrota y la huella de amargura que había dejado.

De cualquier manera, la aflicción se cernió sobre aquella desamparada mujer, la maestra entregada, quien había impartido enseñanzas del alfabeto, los números y canciones a tantos. En ese fatídico día, las puertas de apoyo y protección se cerraron de golpe para ella. Sus clamores de auxilio atravesaron el aire y resonaron en todos los rincones del pueblo.

La escena que se desplegó fue una de inmovilidad y reclusión. Los ancianos, en su desesperación, se aferraron a sus plegarias como si fueran un refugio frente a la realidad turbulenta. Las mujeres tomaron a sus pequeños en brazos, actuando como escudos humanos para alejarlos de la visión de la trágica escena, mientras se negaban a mirar por las hendijas de las ventanas o las rendijas de las puertas. Los hombres, callaron.

Casa número 5, el hogar de Benancio, un golpe que resuena en el rostro de la mujer.

Ella emprende una huida aterrada, su perseguidor, un hombre con un cuchillo en mano, sigue su presa implacablemente, convencido de que no hay escapatoria. Las lágrimas de la mujer fluyen en medio de su terror mientras corre.

El filo del cuchillo encuentra su objetivo en un primer corte, un brazo marcado por el dolor, una herida que no es letal pero que lanza su lamento en punzadas de agonía. La mujer cae una vez más, vencida por el pánico y el dolor. En la distancia, Madalena y María gritan, pero se alejan velozmente. "Peleas de marido y mujer, mejor no intervenir", susurran mientras el tumulto sigue su curso.

Cae por segunda vez. Madalena y María desde lejos gritan, pero nuevamente corren. – Peleas de marido y mujer, mejor no involucrarse.

La mujer toma fuerza y se dirige a la iglesia; el viejo Simón la ve, ella cae antes de llegar al templo, Simón voltea como si nada hubiese pasado.

Segundo corte, este va a la cara. La sangre se confunde con las lágrimas.

A medida que la mujer se pone de pie, su paso es tambaleante, su resistencia cede ante la brutalidad desenfrenada de su agresor. En el corazón de este conflicto, el cazador se deleita con el caos y el sufrimiento, entregándose a la locura de la venganza y la perversidad desatada.

En ese mismo instante, en el recinto de la pulpería de Pelayo, un niño de unos ocho años se hallaba presente, cautivado por los alaridos de la maestra que resonaban con asombroso desconcierto desde la calle principal del pueblo. Este niño era Carmelo, y en ese momento se encontraba inmerso en la dulce indulgencia de unos caramelos que había adquirido con los centavos que resguardaba en su bolsillo ese día soleado.

Curioso y atento, el niño se asomó cautelosamente por la puerta del establecimiento, que permanecía entreabierta, y lo que sus ojos captaron dejó una impresión indeleble en su mente. La figura de la señora Gloria se aproximaba con dificultad, una imagen que contrastaba fuertemente con la imagen que él tenía de su querida maestra. Su mirada lo encontró, llena de tristeza y lágrimas, su cuerpo cubierto de sangre, transformando la imagen familiar en un cuadro de desolación y desconcierto.

Tercer corte, el que la mato. Allí cayó y allí también el niño le cerró la puerta.

Después de aquel fatídico episodio, Don Benancio tomó la decisión de entregarse voluntariamente al jefe Civil del pueblo. Fue un juicio rápido, admitió su culpabilidad, veinte años en prisión. Mientras tanto, su hijo pequeño fue acogido por la hermana de Benancio, quien residía en la capital. En los siguientes años, los destinos de este niño y de Benancio quedaron envueltos en el misterio, sus trayectorias ocultas a la mirada del público.

Así se erigió la tragedia, teñida no solo por el sufrimiento de la maestra Gloria, sino también por las sombras que proyectó sobre el pueblo. Una especie de maldición pareció arrojarse sobre la comunidad, una maldición económica que erosionó gradualmente el modo de vida de sus habitantes, dejando una impronta de desesperación en cada rincón.

Cuarenta años después, en el cementerio del pueblo de El Baúl, un hombre se arrodilla ante la tumba descuidada y solitaria de la maestra Gloria. En un gesto de devoción, se persigna y, con el paso del tiempo, las lágrimas brotan. En un ruego sincero, pide perdón y suplica por remisión, indulto y posiblemente clemencia. A lo largo de su vida, el recuerdo del fantasma de Gloria lo ha acompañado incansablemente. Este hombre es el niño Carmelo, aquel que tuvo el dudoso privilegio de ser el último en verla con vida.

El rumbo de este niño, tras abandonar El Baúl, le llevó a transitar su juventud en Arismendi, en el corazón de los llanos. Posteriormente, afrontó un gran cambio al mudarse a Caracas, una metrópolis imponente para él y su familia. A medida que se aproximaba a los veinte años, se involucró en los movimientos políticos que emergieron en los años 40 y 50 en el país, clamando por la ampliación de los derechos democráticos. Durante esta época, nombres como Gallegos, Betancur, Caldera y Jóvito resonaban con fuerza en el escenario político.

Se casó y tuvo hijos, mostrándose como un hombre íntegro y honorable. Sin embargo, el recuerdo de su maestra nunca lo abandonó, dejándole una sombra de culpa. En realidad, él no tenía conocimiento de los acontecimientos reales. En aquel entonces, era solo un niño.

Una vez que dejó el cementerio, su hijo menor se acercó sigilosamente y le susurró al oído. - Papá, una señora muy hermosa me dijo que ya no llores, que lo que sucedió está en el pasado, y que siempre fuiste su estudiante favorito. Luego me dio un beso y se fue. El niño intrigado, preguntó: - ¿Quién es esa señora, papá?

Carmelo observó a su alrededor, sintiendo una serenidad que nunca antes había experimentado. Con una sonrisa resplandeciente, respondió: - Esa señora es el perdón, la bondad, la honestidad y la paciencia personificados.

¡Chucho! ¡Chucho!

Estado Cojedes llano adentro, 1927

"Para poner a prueba la realidad, hemos de verla en la cuerda floja. Cuando las verdades se hacen acróbatas podemos juzgarlas."

- Oscar Wilde

A principios del siglo 20, Venezuela presentaba un perfil mayormente rural, con carreteras prácticamente inexistentes y un servicio eléctrico limitado que solo llegaba a la capital. Debido a esta situación, las personas tenían arraigada la costumbre de retirarse temprano a sus hogares y evitar salir una vez caída la tarde, con el propósito de evitar ser sorprendidas por la noche en medio de la extensa sabana.

No era prudente desafiar la posibilidad de encontrarse con un tigre mariposa[6] ni aventurarse por senderos habitados por culebras venenosas. Tampoco era sensato tentar al destino y toparse con potenciales cuatreros, dispuestos a sacar provecho de cualquier oportunidad.

Era un país marcado por su rusticidad y atraso, una nación donde se sucedían constantes asonadas militares y dictaduras férreas. El horizonte visual estaba dominado por leguas y leguas de camino

---

[6] Lo que se conoce como leopardo

polvoriento en el verano y amplias extensiones de sabana anegada durante el invierno. Cabe destacar que, en esas circunstancias, cuando la inundación de la llanura tenía lugar, esta no se hacía esperar. Puedo decirles que yo mismo he caminado por esos parajes con el agua a la altura de las rodillas durante varios kilómetros, escuchando el tintineo de campanillas de cascabeles[7].

Era sabido que ser mordido por uno de esos reptiles sería un desenlace poco favorable, en cuyo caso, resultaba preferible que alguien pusiera fin a tus penas con un disparo.

Sin embargo, la precaución no solo se limitaba a las culebras de cascabel o mapanares; en la sabana anegada, el caimán podía acechar a su presa, mientras que la anaconda, con su mortal abrazo, amenazaba con quebrar huesos. Además, el temblador[8], cuya corriente eléctrica era suficiente para derribar a un jinete de su montura, planteaba un peligro constante, siendo la electrocución un desenlace fatal para cualquier individuo.

Todo esto se veía agravado por el tema de las supersticiones, los espantos y aparecidos. Moverse por los caminos de la sabana durante la noche equivalía a una invitación a las almas en pena y a los espectros que deambulaban por la tierra. En ciertos casos, estos seres incluso llegaban a negociar su propia salvación, ofreciendo entierros adornados

---

[7] Culebra cascabel
[8] Pez de los ríos venezolanos que es capaz de generar alto voltaje

con oro y morocotas[9] a cambio de un rezo o una promesa, además de una vela encendida en la iglesia del pueblo.

Así pues, comienza esta narración. Era la época de Semana Santa, principios de abril en este caso. Don Chucho, un personaje fundamental en esta historia, había recibido una invitación para asistir a una fiesta en el hato[10] de los Guayos. Dado que Don Chucho era muy amigo del dueño del fundo, no quería desaprovechar la oportunidad de disfrutar, bailar y beber en compañía de conocidos. Don Chucho, un comerciante exitoso y dueño de la pulpería[11] más influyente en la región, había establecido su negocio en el Baúl, en el estado Cojedes. El almacén estaba ubicado en su Casa de alto del pueblo, la única casa de dos pisos que además estaba situada a orillas del río El Baúl. Poseía su propio muelle, desde donde las embarcaciones de su propiedad traían mercancías de Curazao, Trinidad y Tobago, para ser luego comercializadas en los llanos centrales y más allá. Era Don Chucho también, un hombre de familia que habiendo tenido varios hijos de dos matrimonios, donde el primero de sus matrimonios llegó a su fin debido a la viudez, mientras que el segundo persistía en base al respeto de su esposa hacia su persona y bajo la firme dirección de Chucho.

---

[9] Moneda originaria de los Estados Unidos y compuesta en su mayor parte de oro
[10] Finca
[11] Tienda, comercio

Aunque de carácter no muy dócil y orgulloso, Don Chucho se regía por valores sólidos. Era un buen cristiano y se apegaba a las normas de la época. Quienes lo conocieron recuerdan que, en el apogeo de su vida, se miraba en el espejo ubicado cerca del mostrador y, con una sonrisa en el rostro, se decía a sí mismo:

"¿Qué te falta, Chucho? ¡Tienes hijos, tienes una esposa hermosa y tienes dinero! ¿Qué te falta?"

Retornando a los eventos que nos interesan, puedo relatar que la celebración transcurrió en un ambiente de camaradería, y Don Chucho participó activamente en las festividades, disfrutando de la compañía de amigos y las muchachas de las cercanías que vestidas con sus mejores prendas iban a buscar a los hombres casamenteros. El arpa rompía con fuerza y la voz del coplero retaba a la lejanía:

- ¡Ahhh lalai lala, "si el gavilán se comiera, se comiera como se come el ganao[12]"…!

Resonaba la voz con vigor en su canto y la audiencia se emocionaba.

- ¡Ah, Carmelito! exclamaban sus amigos.

- ¡Hoy parece que vas a coronar[13], hermanito!

---

[12] Ganao es la modificación local del idioma para la palabra ganado, se elimina l d

[13] Expresión de triunfo

Le decían al verlo rodeado por las mujeres más hermosas de la tertulia. Las horas pasaron, y la noche, con su oscuridad impenetrable, comenzó a apoderarse del ambiente. El cielo, sombrío en el horizonte, anticipaba la llegada de acontecimientos lúgubres. Aunque Chucho no era de asustarse fácilmente, sentía la necesidad de regresar a su hogar, pues compromisos de negocios tempranos lo llamaban.

- Bueno, esta parranda esta buena pero ya es hora que coja camino y me regrese al Baúl14.

Así lanzó una frase al aire como para darle a entender a los comensales que ya se iba

- ¡Caracha15 Chucho! ¿con esa anoche tan negra y vas a agarrar por esos montes? Mejor te quedas; y yo te doy una hamaca para que pases la noche y mañana tempranito te vas con calma.

Pero Chucho - le replicó al dueño del hato

- ¡Nooo camarita!, yo tengo negocios mañana y eso no espera

No importa con cuanta insistencia trataran de convencerlo, ya el hombre había tomado una decisión y nada ni nadie lo podría mudar de idea. Tomando su fuete de cuero fino, se ajustó la chamarra sobre su elegante liquiliqui16, se colocó su

---

14 Pueblo de los llanos venezolanos
15 Expresión de los llanos venezolanos

faja, aseguró su revólver calibre 38, ajustó su sombrero de guama y montó su yegua, dando inicio a su travesía. Sin embargo, antes de partir, uno de los peones del hato le advirtió:

- Don Chucho, váyase mejor por la sabana abierta y no tome el atajo de la espesura porque ahí y que sale el anima de un soldado español que murió en tiempos de la independencia y a más de uno le ha echado su sustico.

- ¡Ahh Catire[17]! Si serás bellaco chico. Tú lo que quieres es meterme miedo. Como si yo fuera pajuato[18] pa[19] esta[20] cayendo en esos juegos. Eso son leyendas, cuentos de caminos para asustar a los maridos que viven de parranda en parranda

Respondió Chucho con determinación.

- Mire Don Chucho, yo le tengo mucho respeto a usted como para jugarme de esa manera con su merced así que yo solo le digo lo que más de uno ha visto por esos lares y le digo que no es pa juego. De verdaita[21] don Chucho, de verdaita!

Insistió el joven, con sinceridad en sus palabras.

---

[16] Traje típico venezolano.
[17] Rubio
[18] Expresión coloquial para tonto
[19] Pa es para, pero la expresión local elimina el ra
[20] Otra expresión que elimina la r al final
[21] Diminutivo de verdad, muy usado en los llanos venezolanos

Haciendo una interrupción en el hilo de la historia quiero hacer notar que las ánimas son las almas de aquellos que han muerto y que a causa de sus faltas son remitidos a vivir en el purgatorio, un lugar temible en el que, rodeados de fuego y de penas, deben esperar allí hasta que la mancha de sus pecados desaparezca y sean dignos de ascender al paraíso, para lograr esta purificación las almas deben estar en continua oración, rogando perdón a Dios.

La palabra ánima viene del latín: anima, y puede traducirse como soplo, aire o principio vital. En la antigüedad se pensaba que el alma estaba relacionada con el soplo o aliento que Dios había puesto en los hombres para animarlos, así que el ánima es el alma de los hombres. Desde allí pasó esta palabra al español como sinónimo de alma, pero también de alma errante.

Continuando entonces con el cuento nos encontramos que Chucho sacó una carcajada y montando su yegua lanzó una frase al aire que viene de tiempos más lejanos

- ¡¡¡Con Dios!!!

Una vez completados los preparativos, Chucho inició su travesía. El camino hacia el pueblo abarcaba al menos una hora si optaba por la ruta a través de la espesura. Esta espesura, una vasta isla de árboles en medio de la sabana, estaba surcada por un manantial cuya corriente constituía una guía para los viajeros. Intentar rodear esta zona implicaba sumar de 30 a 40 minutos extras al recorrido, y Chucho deseaba regresar temprano para descansar un poco antes de afrontar su jornada laboral al día siguiente.

Al llegar al umbral del mencionado bosque, Chucho rememoró las palabras del peón[22] del hato y, con cierta sorna, susurró para sí mismo:

- ¿Con quién vamos?

- Con Dios

Se respondió así mismo, agregando luego:

- Y con la Virgen

Dicho esto, se adentró en la arboleda y la oscuridad del dosel de los árboles lo cubrió por completo. El eco de los cascos del caballo resonaba con un eco infausto mientras Chucho avanzaba a través de la espesura de bosques que se alzaba desde el borde de la sabana.

Las sombras danzantes de las ramas retorcidas parecían susurrar secretos oscuros y sus hojas crujían como susurros de lamentos pasados.

A medida que se adentraba más en el enmarañado laberinto de árboles retorcidos, el viento comenzó a llevar consigo un susurro distante. Era un susurro que resonaba con un eco angustioso, susurros de su

---

[22] Trabajador de la finca

nombre, un llamado insistente que comenzó a perturbarle.

- Chu-cho, Chu-cho

Sus oídos captaron un llamado que parecía provenir de algo que no parecía humano. Para recobrar su compostura, decidió elevar la voz y pronunció con firmeza:

- ¡Qué catire pa' vainero[23]! ¡Y que el ánima de un soldado español!

Sin embargo, antes de completar la expresión, el chirriante murmullo volvió a hacerse presente, repitiendo su nombre en la negrura.

- Chu-cho, Chu-cho...

Esto lo obligó a detener su montura y, lleno de desconfianza, empuñó su linterna Coleman, la cual era un producto que negociaba bastante bien por esos lugares, tratando de iluminar en todas direcciones en busca del origen de aquel llamado. Cada vez que creía haber fijado la dirección de la voz, esta cambiaba, lo que aceleraba el ritmo de su corazón. La penumbra cerrada y la sensación de que algo acechaba desde las sombras lo llenaban de aprehensión. En medio de la incertidumbre, tomó un crucifijo que le había regalado su segunda esposa y, aferrándolo con fuerza, buscó con desesperación entre el denso follaje. Sin embargo, la fuente del

---

[23] divertido

llamado permanecía elusiva, y la convicción de que algo desconocido lo observaba aumentaba su inquietud.

Una vez más, lanzó una plegaria al aire, esta vez cargada de amenaza:

- ¿Quién va? Mire que yo no me ando con juegos. Yo tengo mi revolver y si se pone con bromas le caigo a tiros.

No paso mucho de formular la arenga cuando nuevamente y en forma desafiante se vino la llamada desde la penumbra.

- Chu-cho, Chu-cho

El hombre reanudó su marcha, ya que, como todo buen llanero, no era hombre de darle la espalda al peligro. Sin embargo, la aprehensión de no conocer quién o qué lo llamaba seguía latente. Lo que sí estaba claro era que a medida que avanzaba, el tono del llamado se intensificaba. Aunque los demás sonidos del bosque y la brisa que penetraba entre los árboles se entremezclaban, dificultándole precisar la fuente precisa de este fenómeno.

Inmerso en esta situación, con la noche cerrada y la lluvia incipiente anunciando una tormenta, Don Chucho había conservado su calma sorprendentemente bien. Sin embargo, su tranquilidad se vio interrumpida cuando un rayo, al caer en un punto cercano, dividió un árbol en cruz, generando un pequeño incendio y provocando una detonación que resonó como el estruendo de un cañón alemán de 1914. La reacción del caballo al estampido resultó en un desenfreno que arrojó al jinete al suelo. En ese instante, Chucho se encontró solo en mitad del bosque, desprovisto de su montura, mientras la lluvia incrementaba su intensidad y aquella misteriosa aparición continuaba invocando su nombre de manera incesante.

Chucho se incorporó rápidamente del suelo, empuñando su revólver mientras avanzaba a pie entre los árboles. Justo en ese instante, la tempestad ganó intensidad: la brisa soplaba con fuerza, la lluvia atravesaba la densa arboleda y los relámpagos iluminaban la oscuridad de la noche. Y para colmo de males la situación con el llamado desconocido se incrementó en cantidad y velocidad:

- ¡Chu-cho!, Chu-cho! ,Chu-cho!, Chu-cho! ,Chu-cho!, Chu-cho!

No solo era la cantidad sino la velocidad de la llamada que era más rápida. Era como si el espectro o lo que fuera que lo interpelaba se sincronizaba con la violencia de la tormenta.

Entonces, al no recibir más que esa única respuesta, Chucho accionó su revólver en varias direcciones, como si intentara dañar cualquier cosa que fuera la responsable de llamarlo insistentemente. Esta acción más bien parece que desato el odio de la manifestación, adicionalmente la lluvia y la brisa elevaron su fuerza y el llamado potenció su continuidad y velocidad.

- Chu-cho!, Chu-cho! ,Chu-cho!, Chu-cho! ,Chu-cho!, Chu-cho!

Llega un punto en la vida de los hombres en el que, al verse cercados y sin opciones, se empeñan en confrontar el mal que los acecha. En el caso de Chucho, esto no fue una excepción. Se movió portando el revólver consigo, decidido a enfrentar este mal desconocido con su vida si fuera necesario. A medida que avanzaba, el llamado se volvía más intenso en su sonoridad. Lo que estaba claro en ese momento era que, fuera lo que fuera, estaba sobre él, mirando desde las copas de los árboles. Luego, un nuevo rayo iluminó el área, y la cara del hombre mostró un rostro de fuerte impresión y en ese momento emitió un gran alarido que devino en una carcajada que asemejaba la risa de un demente

- ¡Ahhhhhhhh, jajajajajajajajajaja!

- Ave María Purísima, sin pecado concebido.

Dijo con fuerza, luego se dejó caer al suelo, como el soldado que, después de terminar una batalla, se entrega al cansancio cuando la adrenalina ya no lo impulsa a la lucha.

El hecho fue que, al alzar la mirada, Chucho notó en el mismo instante que el relámpago iluminaba los árboles, que una rama se movía en la dirección del viento. Esta rama, al rozar un horcón natural que se había formado en una mata de mango, generaba el sonido "Chu" y por efecto físico del resorte al retroceder esa misma rama, generaba el otro sonido, "Cho". Aunque el sonido posiblemente no fuera exactamente igual a su nombre "Chucho", la sugestión iniciada por el peón del hato y la intensidad de las condiciones atmosféricas de la noche hicieron que el cerebro de nuestro protagonista interpretara esto como el llamado a su apelativo.

Luego de esto, el "Don" salió a pie de la espesura para notar que su montura lo esperaba pastando en la sabana. Tomó su caballo y regresó al pueblo y días después su historia corría de boca en boca de las gentes de por esos lares.

Las brujas les gusta la sal

Tinaco, estado Cojedes, 1962

"No juzgue nada por su aspecto, sino por la evidencia. No hay mejor regla."

- Charles Dickens

En la psique de los niños de mi tierra está arraigado un temor instintivo hacia la imagen de las brujas. Es posible que estos seres sean invocados en la conocida frase empleada por madres y abuelas: "Si no te portas bien, la bruja vendrá por ti." Todo esto se utiliza como un medio de coerción cuando los niños se resisten a adoptar el camino del buen comportamiento. La repetición constante de esta expresión genera un miedo intenso, como si se tratara de un enemigo natural de los pequeños. La bruja es como el gato y el niño el ratón.

Es conocido entre los niños de los llanos venezolanos que las brujas son entidades malévolas, generalmente representadas como mujeres, cuyas figuras están encorvadas bajo el peso de la edad y la maldad. Se les atribuye la habilidad de transformarse en cualquier animal, pero, sobre todo, de reducir su tamaño para colarse por las fisuras de las viviendas de bahareque y buscar a los pequeños en sus habitaciones. De manera semejante a la imagen del vampiro europeo, estas brujas chuparían la sangre de sus víctimas, dando preferencia a los dedos de los pies para hincar sus colmillos. Se dice que mientras el niño sea más tierno, resulta aún más apetitoso y deseado por este demonio.

Con esta introducción, deseo compartir una historia que todos comentaban en la antigua casa colonial de mi abuela y quiero hacer constar que todos aquellos con los que he conversado juran y perjuran que los eventos que narraré a continuación sucedieron de esa manera. Según las historias que circulaban, este acontecimiento tuvo lugar en la casa situada justo al frente. Siempre estaré en deuda con la dueña de ese lugar, ya que, en un capítulo aparte, ocurrió durante mi infancia, cuando la dueña de esa casa defendió valientemente mi vida frente a un hombre que, armado con una pistola, intentaba poner fin a mi existencia. La razón detrás de este intento de ataque era que, debido a juegos de muchachos, hice que el hombre cayera de su motocicleta al perder el equilibrio por culpa de una patineta que se me escapó de los pies. No fue algo premeditado, había sido un accidente. El hombre se levantó con la intención de dispararme con un arma que cargaba, pero esa vieja era más valiente que el más valiente de los machos y puede que fuera humilde pero lo que le faltaba en dinero, le sobraba en valentía.

De este modo, esta anécdota no solo resalta la historia compartida en la casa colonial de mi abuela, sino que también muestra cómo la valentía puede manifestarse en las formas más inesperadas y poderosas.

En una de esas cálidas noches de verano, la vivienda se encontraba sumida en la efervescencia de una fiesta. Dicho lugar era conocido por ser una eterna celebración, donde parecía que el año completo se transformaba en una ocasión para regocijarse. En ese contexto, una de las hijas de la dueña de la casa siempre ocupaba mis pensamientos. A pesar de la atracción que sentía por ella, nunca reuní el coraje necesario para dar el paso adelante. Ella, siendo mayor que yo, hacía que la posibilidad de una correspondencia afectiva pareciera poco probable. Pero volviendo a aquella noche, el ambiente estaba impregnado de alegría y el lugar se había llenado con la presencia de varios habitantes del pueblo. Entre la multitud, destacaban figuras como Francisco y su esposa Laura, así como la hermosa Marina.

Marina era un auténtico símbolo de belleza, una rubia de ensoñadora apariencia con un cuerpo que rivalizaba con la mismísima Venus. Sus ojos verdes, intensos como las aceitunas, atrapaban la mirada con una profundidad única. No era un secreto que su relación con los hombres era pasajera y fugaz, y las habladurías maliciosas aseguraban que se había acostado con medio pueblo. En un contraste notable, encontramos a Laura, una mujer de apariencia común. Aunque no carecía de encanto, su belleza no podía compararse con la exuberancia de Marina. Laura tenía unos ojos redondos y profundos, de un negro intenso, que contrastaban con su cabellera igualmente oscura, que podríamos describir como azabache. Se destacaba por su trato amable y su disposición dócil, lo que la hacía agradable en cualquier conversación.

El ron fluía en abundancia, y los pasapalos[24] también eran generosos. El ambiente se impregnaba con las melodías del llano, y de vez en cuando las notas de Billo's Caracas Boys[25] se colaban para dar oportunidad a los jóvenes para echar un pie[26]. Todo marchaba a la perfección en ese cuadro que intento describirles. Sin embargo, en medio de esta escena de celebración, había un episodio que pasaba desapercibido para todos.

Francisco había decidido alejarse del centro de la fiesta, adentrándose en el patio donde los focos no llegaban con su intensidad. Aprovechando que la atención de la multitud estaba capturada por la algarabía general, él buscó a Marina en la penumbra, cerca del gallinero que estaba al fondo. Válgame, Dios. En plena fiesta y Francisco no se podía contener.

La Biblia, en el Éxodo 20:17, nos enseña: "No codiciarás la casa de tu prójimo; no codiciarás la mujer de tu prójimo, ni su siervo, ni su sierva, ni su buey, ni su asno, ni nada que sea de tu prójimo." A

---

[24] Comida típica de las fiestas venezolanas
[25] Orquesta musical muy famosa en tierras de Venezuela y Colombia por aquellos tiempos
[26] Bailar

mi entender, también es válido agregar que no se debe codiciar al hombre ajeno, ya que tales anhelos pueden causar heridas irreparables en las personas. Claramente a Marina eso no le iba y disfrutaba de cuanta cosa estuviera disponible. La forma en que Marina abrazaba la vida era notablemente diferente. Ella se regodeaba en la disponibilidad del momento y su enfoque no se detenía en las convenciones sociales o morales. Parecía que codiciar cualquier placer que se cruzara en su camino era su norma. Este enfoque imprudente, aunque satisfactorio en el instante, tenía repercusiones que no se podían ignorar, especialmente cuando los corazones ajenos resultaban involucrados en el proceso. Su estilo de vida, alimentado por sus impulsos, encajaba de manera contrastante con los valores más profundos que dicta la moralidad.

Pasaron unos 20 minutos y como Laura no veía a su esposo tuvo cierto grado de preocupación y comenzó a rondar por la casa. En unos de los cuartos observó los bebes de una de las hijas de la doña, uno de 8 meses y la niña de 3 añitos. Los tenía arropaditos en una cunita y cubiertos con un mosquitero para que la plaga no los afectara. Además, un suave zumbido del ventilador de mesa cobraba vida. Con un ritmo constante y relajante, el aparato giraba de izquierda a derecha, creando una brisa fresca que acariciaba la piel. El sonido 'shhhhhh' se mezclaba con el suave murmullo mecánico, llenando el espacio con una sensación de confort y tranquilidad. Laura, intrigada por estos elementos, se acercó para observarlos detenidamente. Al contemplar la imagen del venerado doctor[27], su mente proyectó una escena familiar: la visión de sus propios hijos, quienes en ese momento deberían estar durmiendo plácidamente en casa de la abuela.

Laura continuó deambulando por la casa, y finalmente se vio compelida a dirigirse hacia el fondo del patio, donde el gallinero tenía su morada. En ese instante, unos gemidos de mujer capturaron su atención, como si la vida misma estuviera narrando un capítulo que no estaba destinado a presenciar. La frase "Corazón que no ve, corazón que no siente" resonó en su mente, pero como la esposa de Lot, quien se transformó en sal por ceder ante su curiosidad, Laura también experimentó una conmoción similar. Su corazón, a su vez, se convirtió en sal al constatar la verdad que sus ojos reacios no podían negar: la mujer que gemía era Marina y el hombre que compartía ese instante con ella era su propio esposo, Francisco.

Si Laura hubiera resistido la tentación de buscar a los culpables detrás de esos gemidos, Francisco hubiera regresado a su lado minutos después, emitiendo cualquier excusa para calmar las aguas turbulentas. Sin embargo, el destino tenía otros planes. La visión que Laura nunca podría borrar de

---

[27] Doctor Hernandez, conocido santo venezolano

su mente era la de Marina y Francisco, ocultos detrás de la empalizada que rodeaba el gallinero. Pero lo que resultaba aún más devastador para Laura era la forma en que Marina la miró con desparpajo cuando sus miradas se cruzaron, como si la vergüenza no fuera un obstáculo sino una insignificancia ante la oportunidad de ser observada.

En un instante, la vida de Laura tomó un giro imprevisto, enfrentándola a la realidad dolorosa de la traición y el engaño. El patio, antes un lugar de quietud y refugio se convirtió en el escenario de una confesión silenciosa y cruel.

Debido a su naturaleza conciliadora y su condición de dama, Laura optó por no desencadenar un escándalo en medio de la celebración. Con los ojos empañados por las lágrimas, pero manteniendo una dignidad inquebrantable, se retiró discretamente para encontrar un espacio en el que pudiera recoger sus pensamientos. Con determinación, secó sus lágrimas y regresó a la reunión, pero su participación estaba marcada por un distanciamiento palpable y una ausencia de conexión con lo que la rodeaba. Aunque físicamente presente, su mente vagaba en un torbellino de emociones y preguntas sin respuesta.

Poco después, Francisco volvió a la escena, arreglando su guayabera y depositando un beso en la mejilla de Laura. Para ella, ese gesto que solía ser reconfortante se convirtió en una sensación punzante, como cuchillos afilados traspasando su corazón. Mientras observaba su regreso, sus pensamientos se convirtieron en una mezcla de confusión y dolor, incapaz de encontrar una respuesta adecuada para enfrentar la traición que había presenciado.

Marina, por su parte, no regresó al evento. Quizás necesitaba tiempo para recomponerse, tanto en términos emocionales como en su apariencia física. O tal vez, en medio de la tormenta interna de arrepentimiento o temor, optó por mantenerse a distancia, evitando cualquier confrontación directa con Laura.

Tal vez quería evitar una posible confrontación pública con Laura, que podría exponer la verdad incómoda ante todos los presentes. En ese momento, el silencio de Marina parecía ser tanto una medida de autoprotección como una forma de evitar que su error se hiciera aún más evidente.

Eran las 3 de la madrugada y en medio de ese torbellino de acontecimientos, emergía la típica costumbre de los mayores de la zona de iniciar sus relatos de espantos y apariciones. En medio de esas narrativas, no podía faltar la historia de las brujas. Fue en ese preciso momento cuando uno de los asistentes, claramente afectado por el alcohol, interrumpió la narración con tono sarcástico,

- ¡Nojoda[28]! Las brujas no existen, es todo un cuento. Las únicas brujas que yo conozco son las putas que yo me he cojido[29].

Este comentario inicialmente generó un silencio, seguido por risas que se contagiaron entre los presentes.

- ¡Vaya, Perucho! Estás bien borracho y apenas son las 3 de la madrugada.

Le respondió uno de sus amigos con un tono de complicidad.

Sin embargo, no había terminado de pronunciar su respuesta cuando una sombra negra y voluminosa revoloteó sobre la casa, moviéndose con la agilidad de un depredador en busca de su presa. Los perros enloquecieron ladrando sin cesar, los pájaros despertaron de su sueño y llenaron el aire con sus chillidos, mientras las gallinas en el gallinero cacareaban como si lanzaran gritos de angustia. Un olor repugnante inundó el ambiente y las luces dentro de la casa comenzaron a parpadear. El ser o la entidad era tan inmenso que llegó a ocultar incluso el brillo de las estrellas, sumiendo el cielo en una oscuridad aún más profunda. Alguien en la asamblea comentó:

- ¡Miren ese zamuro!, ¡Qué animal tan grande!

---

[28] Expresión grosera usada por el vulgo hispano
[29] Follar

Pero aquel que vive en el monte sabe que los zamuros no vuelan de noche o por lo menos no es su costumbre. Se han adaptado a volar y alimentarse de día y además buscan los lugares donde hay carroña y la presencia del ruido de una fiesta los ahuyentaría.

- ¡Eso no es un zamuro!, - exclamó la anciana criada, quien estaba a cargo de cuidar a los niños de la casa. Al mismo tiempo, le indicó a la madre de los bebes (ya mencionados en párrafos anteriores) que fuera a verificar el estado en su habitación, con la asistencia de otras mujeres y algunos hombres de la casa. Los otros niños que aún estaban despiertos buscaron refugio en los abrazos de sus madres, mientras los ancianos se persignaban en un acto de protección espiritual.

A continuación, la sirvienta se dirigió a la cocina y tomó un puñado de sal. Tras hacer una cruz en el centro del patio, exclamó con firmeza:

- Ave María purísima, sin pecado concebido. Santifico esta casa con el poder de Dios para que nunca más pongas un pie en este sitio. Y ven mañana por sal, bruja del infierno.

Tras este acto, resonó un alarido y la criatura o lo que fuera perdió el control, colisionando contra una rama del árbol. La rama se quebró y cayó un poco más abajo, tomando la forma perfecta de una cruz. Acto seguido, la presencia escapó hacia la oscuridad de la noche, restableciendo la calma. La escena de la férrea lucha espiritual de esa mujer contra la aparición dejó a todos, incluso a los hombres más valientes, con las piernas temblando. Pero, quizás se pregunten, ¿por qué la anciana le desafió a volver por sal al día siguiente? Pues bien, es conocido que la sal atrae a los nigromantes y es la mejor manera de descubrir si una bruja habita entre las personas de una comunidad.

El acontecimiento dejó una impresión tan intensa que los asistentes comenzaron a despedirse rápidamente de los anfitriones de la casa, ansiosos por regresar a sus propios hogares. Esa noche, los niños y los jóvenes de toda la localidad durmieron en las mismas habitaciones que sus padres, las cuales habían sido cubiertas con cruces de palma santificada para evitar que cualquier entidad maligna se introdujera en sus recintos.

Con el nuevo día llegó el canto del gallo, el canto que anunciaba la traición de Pedro el apóstol, y con él se alzó también el coro de los pájaros, alejando a los fantasmas nocturnos que normalmente atormentan a los niños. Era el momento más dulce para aprovechar y disfrutar de un sueño reparador, dejando atrás los temores de la noche anterior. En la casa donde se había dado la fiesta, mientras se preparaban las arepas[30], una joven entró en la cocina con un mensaje sorprendente: había una mujer afuera solicitando un poco de sal, pues se le

---

[30] Comida nacional venezolana originaria del oriente del país, creada por las tribus indígenas

había agotado en su hogar. Todos quedaron perplejos ante esta noticia, pero la experimentada criada tomó un poco de sal de la cocina y se dirigió hacia la puerta, donde encontró a Marina esperando con timidez y sin atreverse a poner un pie en la casa. La criada la miró a los ojos y le entregó la sal, en ese instante Marina se encaminó calle abajo, desapareciendo del pueblo para no volver nunca más.

Ermenegilda de Núñez

Tinaco, estado Cojedes, 1942

"No ser amados es una simple desventura, la verdadera desgracia es no amar"

- Albert Camus

No estoy seguro de cómo afrontar esta historia. No sé si el relato trata sobre una aparición, una familia o la casa donde esta familia habitaba. Tal vez sea una mezcla de todo. Este es un relato de una serie de sucesos que entrelazan a los vivos y a los muertos, al amor y el desamor, a los aciertos y errores que marcan la existencia de las personas.

Comencemos entonces por explorar la morada. Una mansión colonial que albergó a mi abuela, o podría decir de mi tía Lina o si retrocedemos aún más en el tiempo, perteneció al coronel Núñez y su esposa Ermenegilda, y quién sabe a quién más si seguimos adentrándonos en el pasado. Lo cierto es que esta casa desencadenaba en mí un concierto de emociones contradictorias. Durante el día, emanaba una sensación de paz y tranquilidad. Sus corredores frescos solían estar abiertos hacia un hermoso patio interno, rodeado de frondosos naranjales y mangos cuyas ramas brindaban refugio contra el inclemente sol llanero, creando un aire acondicionado natural. A lo largo de las paredes del patio, había enredaderas de jazmines, que trepan por las paredes y crean una paleta de colores vibrantes con sus flores rosadas, rojas y blancas. Estas plantas añadían una sensación de frescura y vida al entorno, además de proporcionar sombra y un respiro del sol abrasador.

El suelo del patio estaba pavimentado con adoquines de piedra o losas de terracota, dispuestos en un diseño geométrico que evocaba una herencia más islámica – española. Este diseño ayudaba a dibujar un camino dentro del patio el cual estaba rodeado de piedras blancas entre la tierra que también cubría la mayor parte del terreno

Con el tiempo, no obstante, tengo que comentar que los corredores se vieron enrejados para proteger a los habitantes de la inseguridad que imperaba en las calles. Y el terreno del patio se vio cubierto de un feo concreto blanco que no tenía el mismo estilo que yo disfrute de niño. Las "ventajas" de los tiempos modernos, según diría, qué ironía.

En la entrada de la casa, no existía una simple puerta, sino un portón. Un portón colonial de dimensiones monumentales, construido con madera maciza, y que por las noches se aseguraba con una barra horizontal de hierro. Se asemejaba al portón de un castillo medieval, pero en lugar de detener a un caballero inglés como Ivanhoe, estaba diseñado para mantener a raya a las hordas de rebeldes que asolaban Venezuela a finales del siglo XIX.

Continuando el relato, si seguías el corredor a tu izquierda después de entrar al lugar, te encontrarías con el cuarto de mi abuela. Era un espacio acogedor en el que mi abuela descansaba en una cama, mientras que en la otra cama dormía mi tía Lina. La cama de mi abuela estaba posicionada junto al ventanal, o, mejor dicho, al gran ventanal. Un ventanal era una apertura generosa que evocaba el romanticismo de tiempos pasados, donde se imaginaban a las jóvenes sentadas en uno de los bordes internos, esperando ser cautivadas por una serenata. La realidad, por supuesto, solía ser más áspera y melancólica, aunque siempre existía la posibilidad de darle un toque de ensueño.

Los ventanales de las casas coloniales no pueden llamarse simplemente "ventanas"; eso sería casi un eufemismo. Su diseño es distintivo: ornamentados, con rejas, grandes, largos y bajos, con una repisa interior donde las damas se sentaban para observar la calle a través de las rejas que las mantenían como si estuvieran cautivas. Cautivas del pecado de ser tocadas, como odaliscas en el harén de un sultán. Encima de la repisa externa superior, se coloca un "sombrero" saliente, conocido como "coronela", preferiblemente ligero y generalmente hecho de adobe o yeso.

Los ventanales latinoamericanos son una sinfonía multicolor y carecen de un diseño estándar, lo que contribuye a que los pueblos de nuestra tierra parezcan inmersos en un perpetuo carnaval de colores. Muy diferentes a los pueblos norteamericanos, sumidos en el frío y la oscuridad de sus matices grises y tristes. Es probable que esta descripción resultara perturbadora para el arquitecto austriaco Adolf Loos, un ferviente detractor de los excesos del barroco y de la arquitectura clásica con sus adornos y bajorrelieves.

En sus escritos, dejó la siguiente declaración: "Huid de América, pues un fantasma la recorre desde Iberia. Entre los trujillanos encontró devotos de un deleite inconmensurable. Son tan devotos que cuentan con más de 300 ídolos en su ciudad de no más de 60 manzanas. No les basta con manchar sus fachadas con su pecado, como los judíos en Egipto con la sangre de cordero, sino que cuelgan estas imágenes dentro de sus hogares y las dispersan por el mundo". Demasiado germánico para mí gusto.

Continuando con la descripción de la vivienda, al girar hacia la derecha desde el corredor de la entrada, nos encontramos con una pared llena de recuerdos, donde una espada que podría datar de la época de la independencia venezolana, y unas antiguas espuelas, están incrustadas en marcos un tanto rusticones. Justo debajo de esto, se encontraba el órgano de mi tío Rene. Mi tío había ingresado al seminario con la intención de convertirse en sacerdote, pero nunca llegó a completar su formación. Había comenzado un negocio de restaurante, pero pronto se aburrió de eso. Había intentado varias cosas, pero parece que el trabajo y la disciplina del trabajador no era su mejor cualidad. Eso sí, poseía una educación y creatividad notables.

Sus dibujos irradiaban una belleza considerable, y su maestría con el órgano era apreciada por quienes la disfrutaban. Pero como les digo, su principal desafío parecía ser la incapacidad de llevar a término sus proyectos. No estoy seguro si esto era producto de una flojera innata o de la falta de determinación para enfrentar la vida; no obstante, su educación y riqueza cultural eran muy respetables. Otro rasgo distintivo de mi tío era su habilidad para vestirse con elegancia y estilo, algo que siempre me impresionó y que contrasta con mi propia tendencia a utilizar cualquier prenda que esté disponible.

Prosiguiendo en esa dirección y hacia el lado derecho, se encontraba una habitación amplia, que bien podría describirse como una sala interna. Solía ser el lugar donde me tocaba dormir cuando visitaba la casa, y allí pasé algunas de las noches más angustiosas de mi vida. Se decía que en este cuarto aparecía el fantasma de Ermenegilda, un misterio sobre el cual hablaré más adelante. Además, para complicar aún más las cosas, se descubrió en esta habitación un entierro de armas antiguas que mi abuelo decidió volver a enterrar por temor a que el gobierno de turno las utilizara como prueba de un intento de revuelta. Encima de este lugar, nunca supe exactamente dónde, pero deduzco que, en el centro, donde había un dibujo de una estrella con su círculo. Debo admitir que esa estrella me causaba una impresión incómoda, aunque es probable que su diseño fuera simplemente una elección estética del constructor del suelo. Además, había unos escaparates grandes y antiguos que me aterraban, en gran parte debido a las historias de las criadas, quienes decían que desde allí saldría una mano peluda para agarrarme los pies durante la noche. De día o de noche, la verdad es que no me gustaba estar en esa habitación.

Más adelante si seguimos el pasillo, estaba el cuarto de mi tío. Una habitación alargada y estrecha, con una hamaca en la entrada y una cama doble al final. En sentido opuesto a la ventana, y esta era una ventana más a lo moderno, estaba la biblioteca de mi tío. ¡Qué biblioteca tenía! Quién sabe dónde terminaron todos esos maravillosos libros. Había obras de Quevedo, Lope de Vega, Cervantes, Schopenhauer, Rómulo Gallegos, Kafka, Dante, Victor Hugo, historia universal, religión, ciencia y arte. Había de todo, incluso libros que podrían tener más de 200 años de antigüedad. Tal vez mi tío nació en la familia equivocada y en el lugar equivocado.

Continúo el recorrido, esta vez girando a la izquierda desde la habitación de mi tío, y nos encontramos con el comedor. Durante las celebraciones, el comedor se llenaba con las mejores comidas y bebidas que uno pudiera imaginar. A veces la mesa del comedor se cubría con un mantel adornado de colores. Podía encontrase una liga de comida española con la criolla venezolana, jamón ibérico, chorizo y salchichón que exhalaban un aroma irresistible, acompañadas de aceitunas y queso blanco criollo que derretía en la boca, pero a todo esto le añadías la hallaca[31] y el pan de jamón venezolano.

Después del comedor, se encontraba la cocina. Era un lugar muy rústico, pero con el tiempo fue renovada para tener un aspecto más moderno. Mi abuela estaba siempre allí, ya que era una mujer muy trabajadora.

La vida no le dejó muchas opciones, y su personalidad tampoco la habría llevado por otro camino. Era una italiana que llegó a Venezuela probablemente a principios de siglo XX con toda su familia y se casó a una edad un tanto avanzada para los estándares de la época debido a que sus padres no aprobaban el tono de piel de mi abuelo. Mi abuela tenía el pelo castaño, era muy blanca y extremadamente hermosa, mientras que mi abuelo era negro y poeta, también maestro de escuela. Mi abuela era una mujer práctica y poco cariñosa, mi abuelo según descripción de mi mama era un hombre tierno pero muy sonador. Volveré a hablar un poco más de esta relación, pero por ahora sigamos con la reseña de la casa.

Si continuabas más adelante terminabas saliendo de la cocina en lo que originalmente había un pequeño patio trasero que culminaba en una pared de bareque, y cerca de allí se encontraba un árbol de semeruco o cereza. En Venezuela, se conoce al

---

[31] Comida típica venezolana parecido al tamal

semeruco como "cerecita", pero la fruta local tiene un sabor inigualable. Como bien lo expresó Luis Mariano Rivera:

"Cerecita de mi monte,

frutica sabrosa y pura,

acidito de mi cielo

y de mi tierra dulzura.[32]"

Años después, ese árbol murió de vejez y fue talado. En su lugar, se construyó una entrada para utilizarlo como garaje lo que siempre me dolió porque sabía que no volvería a probar una fruta con tal sabor y mucho de los buenos recuerdos se morían también con ese árbol.

Para concluir, desde ese pequeño patio trasero había una entrada que daba al patio principal que mencioné anteriormente. Desde allí, conectaba con el gallinero y el espacio donde se mantenían los morrocoyes. En Venezuela, se prepara un pastel a base de carne de morrocoy, una práctica que personalmente no me agrada debido a la manera en que se sacrifica a estos pobres animales. Además, cuando era pequeño, tuve un morrocoy como mascota, por lo que no me resulta fácil pensar en comer uno, a pesar de que no soy vegano ni nada parecido.

---

[32] Luis Mariano Rivera, compositor y poeta venezolano, canción Cerecita

Otra cosa que quiero mencionar era que en el patio principal había una especie de caney que, aunque no estaba hecho de techo de paja o palma era un cobertizo sin paredes apoyado en vigas de metal, pero asomaba al concepto de un caney. Allí nos sentábamos en las tardes a hablar cosas de muchachos, de vez en cuando hice algunos lances con algunas niñas de mi edad o simplemente nos quedábamos tirándole piedras a cualquier vaina que se pasara por el medio por el solo hecho de joder la paciencia. Ahí también se escuchaban cuentos de aparecidos que provenían de la experiencia de las criadas o ayudantes de la casa.

Habiendo trazado el boceto de la casa colonial, anhelo ahora tejer algunas palabras en torno a las almas que la ocuparon. En los registros del pueblo, quedaba establecida la datación de la edificación en torno a 1800. Se dice que Ignacio Núñez, coronel según la saga familiar, fue el primigenio dueño. Sin embargo, esta afirmación, no puede ser asegurada con tinta firme. En las crónicas se entrelaza el nombre de su esposa, Ermenegilda o quizás Hermenegilda, una ambigüedad que desafía la certeza. Sin embargo, permitiendo que el viento de la especulación ondee las cortinas del tiempo, atestiguo que este matrimonio vivió uno de los capítulos más sombríos en la crónica de Venezuela.

Se avecina en la memoria el albor de la independencia en 1810, traspasando los umbrales del conflicto que henchiría los años hasta 1821. Una época en la que los designios se retorcían y las calamidades se tejían con hebras de furia. El siglo XIX, en su pesar, arrojó sobre los hombros de los venezolanos la carga de la supervivencia, una tarea a la que sobrevinieron tras los tumultos bélicos. La guerra federal, que irrumpió veinte años después, afianzó su guadaña sobre las ya quebrantadas esperanzas.

Un conocido personaje de la época, el general Boves, dibujo con sangre y fuego la historia del país entre 1811 y 1813 y sus actos podrían, o no, haber cruzado el umbral de Tinaco, el pueblo donde se teje esta historia. Aunque omito tales detalles, pues ni siquiera merece mi mención inclinarse hacia su figura. Él, que encarnó con fervor la manifestación más pura de la iniquidad y el terror. Yace la posibilidad de que otros, con un matiz apenas distinto, hayan desfilado por las sombras, indistinguibles del terrible general.

Dicha contienda fue tan despiadada, que incluso caer en manos de los independentistas no confería un contrapunto sustancial. Con cautela, hilvanaré la narración de uno de los muchos incidentes que ensangrentaron la tierra, uno de los actos que pintaron de oscuridad la epopeya de Boves y sus legiones:

…Habiendo Boves triunfado en Calabozo sus partidas invadían los pueblos y villorrios y levantaban nuevas facciones. Asesinaban a cuantas personas calificaban de patriotas y sobre todo si tenían algunos bienes para robarlos. Lo que no se podían llevar, lo destruían. Cada uno actuaba según sus gustos más perversos cual mataba ay no había un comandante que los detuviera, más bien Boves disfrutaba con el pillaje. Estando Boves presente le llevaban a empellones viejos, mujeres y niños y les pedían sus cabezas. El criminal las normalmente lo concedía, y las victimas perecían a lanzazos o arrastradas a la cola de los caballos, como objeto de risa. Estos bárbaros violaban a las señoras y a las niñas, luego las azotaban o les quitaban la vida cuando no las guardaban para repetir los ultrajes…

¿Cuántas animas en pena no habrá en ese país? ¿Cuántos fantasmas vagan por ese territorio cargando con el dolor de una vida marcada por la maldición? Venezuela ha tenido 200 años de tragedias entre tiranos, golpes de estado y revoluciones que no terminan nunca y se suceden una tras otra. ¿Será que llevamos una maldición a cuesta por las atrocidades cometidas en esos tiempos? Porque si nos ponemos a ver, aunque Boves fuera español, sus tropas eran bien criollitas y esto quiere decir que esa maldad fue hecha de hermano contra hermano.

¿Qué tanto pudo haber sufrido Tinaco? No lo puedo afirmar, pero muy posiblemente tuvo que haber sido tocado en algo por esa vorágine. Este era el escenario que el coronel Ignacio Núñez tuvo que enfrentar y de ahí pudo haber sido el origen de las armas que más de un siglo después encontraron enterradas en la sala de la casa. "¿Qué más puedo descubrir acerca de esta pareja? Mis intentos por obtener información de los registros del pueblo fueron infructuosos. La única pista que tengo es que la casa más tarde quedó en posesión de un individuo llamado Mirabal, aunque carezco de detalles al respecto.

Posteriormente, la propiedad cambió de manos y pasó a ser administrada por mi abuelo. Tengo constancia de que en 1927 contrajo matrimonio con mi abuela, aunque no puedo afirmar con certeza si su primera morada fue precisamente esa casa o alguna otra. En última instancia, es con mis abuelos que este relato adquiere visión y profundidad, por lo que voy a dedicar un tiempo a trazar sus contornos lo más detalladamente que me sea posible.

Iniciaré, pues, con mi abuela, Feliciana Fiori. Arribó a tierras venezolanas junto a su familia cuando aún era un infante, aunque existe la leyenda de que su nacimiento ocurrió en las entrañas mismas de un barco. Tal asunto no me pertenece corroborar; de lo que estoy seguro es de que sus raíces se hundían en los rastros de Nápoles. De manera particular, en algún momento divisé el acta de nacimiento de uno de mis bisabuelos, una reliquia que ratificaba el origen napolitano. Picturizo a este grupo de seres adentrándose en el escenario rural de principios del siglo XX, resistiendo la embestida del calor implacable que caracteriza los llanos venezolanos. Ríos desbordantes, habitados por caribes y caimanes, y vastas extensiones de llanuras salpicadas de mogotes[33]. Meses de lluvias torrenciales, seguidos de meses abrasadores en los que el sol castiga sin clemencia. Ignoro los derroteros exactos que los trajeron a este pueblo de los llanos centrales, pero sí es conocido que mi bisabuelo labró un camino próspero en el seno de la comunidad, amasando cierta fortuna.

De mi abuela, guardo el recuerdo de sus postrimeros años. Nunca fui muy apegado a su persona, era una mujer no muy cariñosa. Por lo menos no conmigo. Tampoco puedo decir que fuera una mala abuela, pero no estaba presente el detalle que otras mujeres tenían con sus nietos. Aunque ya mencioné su senectud, afirmo con certeza que, en su juventud, fue portadora de una belleza rotunda. Su rostro, en antaño, debió ser una maravilla exquisita, y su cuerpo, esbelto pero moldeado con esmero. Tengo constancia, por añadidura, de que esta dama fue una mujer activa, dueña de sus propios emprendimientos, como una panadería que nutrió a toda la localidad en medio de la peste que asoló el pueblo en tiempos de antaño. Además, siempre se hallaba inmersa en planes para sustentar a la familia. Representa un arquetipo de su época, una mujer que no tenía tiempo para estar deprimiéndose por tonterías, una luchadora incansable que

---

[33] arbustos

rechazaba doblegarse ante los embates de la vida, aun en medio de los innumerables desafíos impuestos por las dificultades propias de la nación y el modesto salario de mi abuelo. Quizás, precisamente por ello, no tenía el espacio para los típicos mimos abueliles.

Entiendo que Feliciana de muy joven estuvo de amores o por lo menos fue pretendida por un muchacho de buena familia del mismo pueblo. Sin embargo, estos amores no eran aprobados por los padres de Feliciana porque el muchacho estaba enfermo de tuberculosis y en esa época la enfermedad era un estigma. El hecho es que la relación tuvo tintes trágicos porque el muchacho al final murió de la enfermedad y eso afectó profundamente a mi abuela. Cuentan en el pueblo que durante el velorio el cuerpo de occiso mantuvo los ojos abiertos y nadie se los podía cerrar hasta que mi abuela se dispuso a ir al sitio a dar las condolencias y al acercarse al difunto el mismo cerró los ojos sin ninguna explicación. La madre desconsolada abrazo a mi abuela y le susurró, "al fin descansó en paz". Eso tuvo que ser muy triste para mi abuela porque si tenía alguna esperanza de concretar una relación con ese hombre, la providencia impuso sus deseos sobre los de ella. Narran mis hermanas que tal vez aquel joven pudo haber sido el amor de la vida de mi abuela. Sin embargo, los designios superiores obraron con voluntad propia, trazando un rumbo divergente para su destino. De este modo, se vio obligada a conformarse con la mera presencia en el velatorio, pues el permiso para asistir al entierro le fue denegado. Se relata que observó el cortejo fúnebre desde la reclusión de su ventana, una distancia que, a pesar de ser física, espiritualmente la separó de aquel adiós que nunca pudo pronunciar. Años después esa escena trajo a mi este verso que describe la tragedia de esa relación inconclusa

> "No tengo miedo a la muerte,
> Tengo miedo del pecado
> El pecado de olvidarte
> Y que me hayas olvidado"

En el otro rincón de este relato, surge mi abuelo. Vio la luz por vez primera en Manrique, en la parroquia del municipio San Carlos. Sin embargo, a los doce años, las corrientes de la vida lo arrojaron a los dominios del Tinaco. Fue hijo no reconocido, pero Ángel María Garrido, un mártir en la batalla contra el dictador Juan Vicente Gómez, ejerció una figura paternal en su vida. Sé que los despojos de Ángel María descansan en el cementerio del Tinaco, junto a la sepultura se encuentran también los grilletes en las celdas del gomecismo que llevo hasta su muerte. La madre que lo vio nacer respondía al nombre de Eliana, aunque su existencia se desvaneció cuando él apenas transitaba los tres años. Se dice que Eliana era de rostro rubio y ojos azules, pero la desgració un señor que mis labios se niegan a nombrar pues no merece estar en esta historia, una especie de cacique moderno que tenía por suyo todo lo que había en la zona y de donde mi abuelo sacó la tez morena. Para avanzar en esta travesía, insisto en que mi abuelo albergaba en su piel la negrura, su figura esbelta y su carácter sereno y apaciguado. No obstante, sin duda heredó de Ángel María la pasión insurrecta por la libertad, pues, en su plenitud adulta, las dependencias policiales albergaron su figura en numerosas ocasiones, a causa de opiniones disidentes a los yugo de los regímenes dictatoriales.

Este actuar, probablemente, no generó gratitud en mi abuela. Con ocho hijos que hicieron su entrada en la vida, el peso de sostener el hogar recaía sobre la italiana, que con sus negocios culinarios demostró una destreza notable y mantuvo a flote a la familia durante años. Destaco que mi abuelo abrazaba las letras, aún con recursos escasos. Con constancia y tesón, abrazó la filosofía y las letras, revelándose como poeta y maestro. Sus versos alcanzaron premios y galardones, y en 1934 el gobierno francés le otorgó un diploma y medalla, tras imponerse en el certamen literario auspiciado por aquel país con su magistral "Canto a Francia". Mi madre solía contarme que la pobreza era tal, que mi abuelo escribía sus poemas en los márgenes en blancos de los periódicos regionales. Lamento no haber tenido el placer de conocerle.

La unión de mis abuelos se selló en 1927, no obstante, un compromiso no oficial se extendió por siete años antes de su enlace formal. La familia de mi abuela no bendijo el vínculo, pues la piel oscura de mi abuelo desaprobaba la unión con su hija. Los vericuetos exactos de la relación entre ambos se me escapan, pero dos anécdotas son guías que me orientan. El primero, el motivo primordial de este relato descansa en el hecho de que mi abuelo durmió en la sala, ese mismo cuarto que esbozara en las primeras líneas. Un lugar que, confieso, desprendía cierto inquietante cariz para mí. La circunstancia de que mi abuela le desplazara de la alcoba que compartían, tras alguna disputa cuya naturaleza desconozco, arroja luz a este acontecimiento. El segundo episodio, años después, ya en la era post mortem de mi abuelo, cuando mi abuela visitaba Caracas y paseaba con mi hermana por el Boulevard de Sabana Grande, la anécdota cobra vida. Mi hermana, aludiendo a aquel instante, relata cómo mi abuela, en un arranque de melancolía, se detuvo frente a una vitrina de ropa con una mirada que destilaba pesar y, en un susurro apaciguado, soltó las palabras: "Si volviera a nacer, no me casaría de nuevo". Yo tengo la teoría que hay personas que nacen para nunca ser felices y creo que mi abuela fue una.

Además de las figuras centrales, se alzan en esta travesía dos protagonistas adicionales: mi tía Lina y mi tío Rene, de los cuales ya he esbozado y detallado ciertas líneas. Es de justicia indicar que mis abuelos trajeron al mundo a ocho vástagos, sin embargo, únicamente mi tío Rene y mi tía Lina establecieron una residencia constante en aquella morada. Puesto que el enfoque de esta narración gira en torno a los moradores, he decidido respetar el margen de las menciones para el resto de la familia.

Luego de trazar el perfil de Rene, aboco mi relato a Lina. Oh, tía Lina, qué personaje singular. Mi intento de capturar su esencia en palabras se enfrenta a un reto que no subestimo, pero procuraré plasmarla de la manera más fiel posible. Entreverar sus rasgos en la paleta de mi narración resulta un propósito ambicioso; con humildad y respeto, me aventuro a ello.

Lina, la hija menor, exhibía una fisonomía distinta. Sus facciones, no tan ligadas al trazo italiano de mi abuela, recordaban más bien a las trazas criollas con tintes indígenas. Su cabello, negro liso como el azabache, adornaba su figura de estatura modesta, un cuerpo proporcional y agradable a la vista. No era fea. Su forma de expresarse, típicamente llanera, trascendía al punto de que sus sobrinos, en juego y afecto, emulaban su estilo y eso a ella no parecía molestarle. El lazo matrimonial no halló morada en su vida. No tengo claridad sobre si pretendientes o relaciones cruzaron su sendero, pero sí sé que heredó de mi abuela una tenacidad laboriosa y una proactividad orientada a la supervivencia. A diferencia de mi abuela, quien trazó su sendero en el comercio, Lina, cual faro de determinación, orientó sus pasos hacia la educación, y aquí radica mi admiración por ella. Durante años, tomó un autobús diario que la trasladaba desde el Tinaco hasta la ciudad de Valencia, donde se enfrascaba en sus estudios de derecho. Más allá de la obtención de su título de abogada, sus logros alcanzaron el escaño de juez en el estado Cojedes. Una trabajadora incansable, sin duda.

Pero, como un torbellino de emociones y matices, Lina encarnaba un carácter complejo. Su temperamento oscilaba en la delgada línea entre amiga y antagonista. Era una de esas almas que, una vez de tu lado, te brindaba ayuda incondicional; pero, en un escenario de discordia, desplegaba un furor que podría compararse con la quema de Troya. Criatura de una intensidad que en el criollo se nombra "venático" y que, en los tiempos actuales, influenciados por nomenclaturas foráneas, se califica como "bipolar". Mas, no nos referimos al concepto "bipolar" que se arraiga en las tierras septentrionales, donde las píldoras son la respuesta a un desconcierto existencial. Hablamos del "bipolar" de estas tierras latinoamericanas, el cual, con franqueza y crudeza, manifiesta su descontento sin tomar en consideración a quién está dirigido. Lina, en resumidas cuentas, no se detenía ante las sutilezas de la diplomacia. Su carencia de diplomacia, sin embargo, engendraba discordia en la relación con mi abuela, ya que los bandos entraban en batallas encarnizadas por cualquier nimiedad. Los caracteres entrecruzados de mi abuela y Lina tejían un conflicto ineludible.

Habiendo pintado el trasfondo con el mejor detalle posible, me sumerjo ahora en los misterios inquietantes que abrazan la antigua morada colonial de mi abuela. Rehúso enredarme en la maraña de explicaciones científicas o sociológicas factibles para estos casos, optando en su lugar por el sencillo acto de narrar estas historias. Múltiples relatos entrelazan su enigma, algunos quizás incluso ocultos en la penumbra de lo desconocido.

El primer episodio que asoma desde el rincón de mi memoria se remonta a los albores del matrimonio de mis abuelos. En esos años incipientes, mi madre aún era una pequeña criatura. Tal como mencioné previamente en el relato, una discordia agitó el nido conyugal y relegó a mi abuelo a dormir en la vastedad de la gran sala. Procedió mi abuelo a colgar su hamaca sobre el piso donde hoy reposa una estrella negra pintada y disponiéndose a pasar lo que imagino no era un buen momento para su persona. Permitidme dudar que en aquel entonces tal estrella se alzara allí.

Cautivo por la carga de la pelea, mi abuelo se sumió en los brazos del sueño, pero, alrededor de las tres de la madrugada lo despertó la sensación helada de una presencia escrutadora, que lo observaba desde las sombras. Helado vaho escapaba de sus labios en la noche tibia de Tinaco, una rareza que no pasó desapercibida. Su mirada topó con una figura envuelta en blanco, que se deslizaba hacia él, ajena al tiempo de su realidad.

¡Sombras!, sombras!, ¡sombras! La dama blanca viene por ti

Habiendo mi antepasado adaptado su visión a la oscuridad pudo notar que se trataba de una mujer, vestida con un traje ajeno a la época en que mi abuelo se encontraba y con un peinado bien pasado de moda. Para entrar en más de detalle, se trataba de una dama de cara redondeada pero bonita, con el cabello negro recogido de manera elegante en un moño o peinado elaborado, pero también permitiendo algunos rizos y mechones sueltos que enmarcaban su rostro. Adornos como peinetas o diademas eran parte de esta presentación. El traje estaba confeccionado en una tela muy fina, tal vez era seda, satén o encaje, y presentaba una cintura alta y ajustada.

¡Sombras!, sombras!, ¡sombras! La dama blanca viene por ti

Temiendo haber traspasado la frontera entre los sueños y la vigilia, mi abuelo inquirió en vano a la presencia. Sin pies definidos, apenas un esbozo de piernas, su naturaleza se revelaba elusiva. A la segunda interpelación, el eco de la figura finalmente tomó forma en palabras. "Yo me llamo Ermenegilda de Núñez", anunció con calma, desatando aún más el misterio en la mente de mi abuelo. Un nombre desconocido, pero resonante, pues una sombra del pasado mencionó a un coronel Núñez, dueño anterior de la casa.

- Requiero su auxilio – pronunció la entidad con voz que parecía emanar de la neblina del tiempo. Mi abuelo, sobrepasado por la incredulidad, se aferraba a la hamaca, ¿y preguntando – Que tipo de ayuda usted necesita?, mientras la figura de Ermenegilda agregaba, – Cosas que deben hacerse. Agregando a continuación – Venga usted mañana a la misma hora, pero venga solo y le diré lo que debe usted hacer. Al terminar la frase la entidad se desvaneció en su etérea forma. En su desesperación, mi abuelo abandonó la sala y buscó el cobijo de su esposa, quien, con sospecha, sopesó si aquel alboroto no era sino artimaña para conquistar su alcoba.

Al día siguiente, la historia se corrió entre los criados de la casa pues mi abuela la compartió con sus amigas y como dice el dicho "pueblo chiquito, infierno grande". Todo el día estuvieron bromeando con la salida de mi abuelo para lograr echar puentes entre él y mi abuela, pero el viejo hizo caso omiso de las chanzas y la noche siguiente decidió volver al sitio, pero esta vez acompañado de mi mamá que para esa época tendría unos cuatro años. Aun así, esta vez no hubo presencia de la dama.

¿Acaso el solitario requisito de su presencia no se había cumplido? ¿La compañía infantil ahuyentó el ente? Nunca lo sabremos.

Así, como los versos entrelazados de un poema sin fin, las historias continúan, con enigmas y sombras inscritos en la esencia misma de la casa colonial. Mi relato, humilde homenaje a la historia de las personas y familias que habitaron el lugar continuo con los cuentos de mi tía Lina y la presencia de una pareja de gitanos que meses después habitaron a modo de alquiler lo que hoy en día es el cuarto de mi tío Rene. Mis abuelos decidieron arrendar el sitio a los consortes cales[34] quienes, de manera peculiar, compartieron aquel rincón por un breve lapso, para después retirarse sin dejar rastro alguno, sin entonar una sola explicación.

La partida fugaz de aquellos personajes, envuelta en un halo de misterio, no dejó de asombrar a mis abuelos. Sus ojos observaron con perplejidad el espacio que habían ocupado, y fue allí donde sus miradas se toparon con un enigma añadido. En una esquina del cuarto, un agujero hecho en forma rudimentaria, mientras en su seno reposaba una morocota, testigo silencioso de algún secreto oculto. Ah, la morocota, aquella moneda de veinte dólares, una joya de oro y cobre en proporciones mágicas: un 90 por ciento dorado resplandor y un 10 por ciento del abrazo cálido del cobre. En nuestro suelo,

---

[34] gitanos

esta pieza preciosa halló su hogar desde aquel año lejano, 1830, cuando las corrientes bancarias aún no mecían sus aguas en nuestra tierra.

Quiero agregar a modo informativo que en los días en que las almas guardaban sus tesoros en arcillas, esas vasijas de barro que, como secretos enterrados, aguardaban en algún rincón del hogar, la morocota asumía su papel. Un refugio de ahorros, un pilar de certezas en tiempos inciertos, entrelazándose con la historia y los susurros del pasado. Quiero dar a conocer que, y se dice por esos lugares que, si una presencia del otro mundo te muestra el lugar del entierro en oro o algún metal de valor, es recomendable dejar parte del entierro y no llevarse todo su contenido. ¿Sería esto lo que Ermenegilda quería mostrarle a mi abuelo? ¿O seria esto uno de los tantos entierros que con el tiempo fueron apareciendo en ese lugar? Yo tengo la teoría que Ermenegilda no intentaba mostrar un permio en oro, sino que necesitaba expiar alguna deuda o pena que no fue solventada en vida y que la obligaba a volver en presencia de los vivos de tanto en tanto. Quien sabe.

En el correr de los años, la morada volvió a desvelar sus características sobrenaturales, al avanzar hacia los años sesenta del siglo XX. Una familia amiga, unidos por lazos con mis padres, cruzaron el umbral de esa vivienda mientras exploraban las sendas de

Tinaco. En la hora de descansar, la matriarca de la familia visitante se recostó en la gran sala. Una cama, cuyo recuerdo yacía nítido en mi mente, ocupaba el lado derecho de la pared contigua a la entrada. Los destinos coincidieron, pues en mi niñez, más de una vez, caí en el sopor de esa misma cama, aunque siempre una temible inquietud despertara mi ser alrededor de las tres de la madrugada. En aquellos momentos, el terror, como un visitante no deseado, se aferraba a mí, sin embargo, jamás osé enfrentarlo con mis ojos entrecerrados.

La mujer desconocía las historias tejidas en los hilos del pasado, que atraían como murmullos alrededor del lugar. Sin advertirlo, se acostó, acompañada por su hijo de apenas dos o tres años. Pero en la penumbra de la madrugada, un viento gélido de extrañeza barrió su tranquilidad. Algo no encajaba. Quiso levantarse, buscando el consuelo del baño, cuando su mirada se topó con algo que desafió la realidad: una mujer vestida de blanco, parada al pie de su cama, fijando sus ojos en ella.

La intuición de la mujer no necesitó palabras; en un instante comprendió que la figura tenía un significado negativo, ya fuera para ella o su hijo. La figura femenina permanecía en una inmovilidad que trascendía las horas. Nada se dijo entre las dos presencias, solo una observación silenciosa por parte de la figura casi etérea. Eventualmente, la silueta se desvaneció, sin dejar huellas ni solicitudes.

La siguiente jornada, la mujer relató tímidamente el acontecimiento de la noche anterior y preguntó si había sido un familiar el cual no se le hubiese presentado pero la reacción de los presentes fue claramente de comprensión de lo que obviamente había sucedido. Muy posiblemente Ermenegilda había regresado para continuar su andar en pena entre los muros de aquella casa colonial.

El solariego rincón guardaba aún más secretos. Años después, cuando ya mi existencia se sumaba al mundo y conocía estas historias y otras más que el tiempo no permite mencionar aquí, me tocó dormir en la sala de esa casa, rodeado de primos y algunos tíos. Conciliar el sueño era un desafío constante, pues el lugar cargaba con un peso que inspiraba temor. Sin embargo, en esa noche, la providencia se apiadó de mí y me sumió en el abrazo del cansancio, evitándome ser testigo de lo que sigue.

Mientras mi hermana y otros primos yacían en el suelo, hamacas y camas, comenzaron a bromear acerca de los espantos y aparecidos que, según todos sabían, deambulaban en la casa. "¡Imaginen si se nos aparece Ermenegilda!", bromeaba uno. "Le pediría que me revele el lugar donde ocultan las morocotas", resonaba la risa colectiva. "Cuidado, podría pedir algo a cambio", advertía otro. "Si no es muy espeluznante, no me molestaría", respondía, en tono jovial, otro más.

Es natural que la juventud aborde la vida con ligereza, y el ambiente familiar propiciaba momentos de diversión antes del sueño. Primos de Caracas y Valencia compartían la atmósfera, una época más pura, donde la moral mantenía su firmeza. En esos días, la fraternidad familiar permitía una interacción sincera.

Las risas y chistes referentes a Ermenegilda y los espíritus resonaban en el aire cuando, de repente, se escucharon pasos en el corredor. No eran pasos comunes, sino el tintineo de botas militares, el andar de la caballería de antaño. Quiero detenerme aquí para describir que las botas militares españolas del siglo XIX eran altas, llegando hasta debajo de la rodilla. Eran de cuero robusto, diseñadas para resistencia y durabilidad. A menudo, llevaban hebillas o correas ajustables, generando un sonido metálico característico cuando los soldados se mantenían firmes ante sus superiores.

Aumentando el misterio, aquellos presentes afirmaron que se oyó un golpeteo típico de un soldado en posición de firme. El sonido provenía justo del umbral de la sala, donde estábamos. La conmoción llenó el ambiente, y aun los primos mayores corrieron en busca de refugio, hacia la cama de una tía. Pero el sonido persistió, desafiante, como si deseara confrontar a los presentes. Un tío político, asumiendo el papel de líder, salió para investigar, encendió luces y escudriñó, pero nada se reveló.

Al día siguiente este relato era publico entre todos mis primos y tíos, y yo dándole gracias a los santos pues esta vez ni siquiera me desperté como de costumbre en horas de la madrugada para sentir el peso de las malas vibraciones que en ese cuarto normalmente yo experimentaba.

Las historias continuaron su danza, relatos de cosas que difícilmente hallan explicación. Pero reservo mi última palabra para una de las narraciones más estremecedoras, la que entrelaza a mi tío René con mi tío Pancho, hermano de René. Este episodio aconteció en tiempos cuando todavía ellos caminaban este mundo, y por alguna razón, tan próxima a la partida de ambos, la historia siento que de alguna forma esta enlazada con ese tránsito.

Hace unos pocos años, me dirigí hacia latitudes más septentrionales, dejando atrás mi tierra. Fue entonces que un día, cuando las sombras alargaban sus dedos, Pancho y su chofer llegaron a la casa colonial. Su destino final, Valencia, pero el tiempo se había evaporado, era demasiado tarde para lanzarse a la carretera. Y como un derrame cerebral había apaciguado a mi tío Pancho no hacía sino algunos meses, viajar largas distancias estaba fuera de su alcance.

Fue René, mi tío, quien se ocupó de hospedarlos. Les asignó el antiguo aposento que había sido morada de mi abuela, mientras él se retiró a su alcoba. Se dispusieron a refrescarse, después del largo camino, el chofer expresó su necesidad de tomar un vaso de agua. Abandonó la habitación, recorriendo el largo corredor en dirección a la cocina. Pasó junto a la sala, ya mencionada en múltiples ocasiones, viró a la izquierda, frente al cuarto de René, y prosiguió, contorneando el comedor, directo hacia la cocina. Pero, al llegar, se topó con la penumbra, y la búsqueda de la luz demoró su encuentro con los vasos, para colmarlos con agua. Y allí, mientras sus manos encontraban el compás de la oscuridad, su mirada halló el rincón donde reposaba una pequeña mesa, cincelada en una loza de piedra, y sobre ella, una anciana, ensimismada en la nada.

Cortés, el chofer se esforzó en el saludo de buenas noches, aunque la dama no respondió. Concluyó que tal vez, por la avanzada edad, no hubiera escuchado. Cansado como estaba, no insistió, sorbió el agua y regresó al cuarto donde reposaba mi tío Pancho.

Fue allí, en ese instante, cuando la narración adquiere un matiz más oscuro. Minutos después, los gritos de ambos hombres reventaron la noche, un sobresalto desgarrador. Para entender la magnitud, es menester comprender primero a mi tío Pancho. Criado en esa morada, había compartido su vida con estas historias, nunca perturbado por sus cuentos. Ahora, ya maduros y cuajados en su ser, estos hombres no eran presa de impresiones triviales. Venían de los llanos, de carácter recio, y como se mienta en la leyenda del Silbón[35] cuando "Juan Ilario[36]" le replica a su amigo "Yo soy hombre para echarle cuatro palos a cualquiera", estos son los hombres que pueblan estas líneas.

Pronto, René emergió, urgido por lo que acontecía. Aunque en testimonios posteriores de René y mi tía Lina, la razón precisa del pavor de esos dos seres jamás se esclareció. Rehusaron, por el resto de la noche, pernoctar en ese cuarto. Este es el enigma que me abruma desde entonces, pues aquella entidad o lo que fuere, manifestó una faceta más oscura.

A la mañana siguiente, en el desayuno y aun reviviendo la pasada noche en palabras, el chofer solicitó a René que despidiera a su hermana Lina ya que pensaba que la anciana que se topó en la cocina

---

[35] El Silbón leyenda venezolana que trata sobre una entidad malvada
[36] Personaje de la fantasía literaria venezolana

la noche anterior era la hermana mencionada en otras ocasiones. Sin embargo, mi tío le respondió con asombro que Lina no había estado en la casa, se hallaba en los alrededores de Caracas. La sorpresa se plasmó en el rostro del chofer, urgía salir de esa casa, pues comprendió que los fenómenos comenzaron con su ingreso a la cocina.

Meses después mi tío René tendría un terrible accidente que lo dejó en una situación lamentable y en una profunda depresión tomó la decisión de abandonar voluntariamente su vida. Lina lo halló en su habitación, dejando tras de sí una carta. No he excavado en detalles tan lúgubres. Aquel hombre, que en otro tiempo ostentó conocimiento y elegancia, fue arropado por el peso de su aguda sensibilidad, su mayor debilidad. Imagino el dolor que infligió a mi tía Lina, quien compartió toda una vida con su hermano mayor en esa morada saturada de historias. Lina, en su fortaleza, aceptó su elección y enfrentó adelante la vida.

El tiempo fluyó, y mientras lo hizo, Pancho también partió a mejores destinos. La casa, entonces, adquirió matices más sombríos y tristes. Lina, vencida progresivamente por los embates del tiempo, abandonó su hogar para residir con otra hermana. La propiedad cayó bajo el control de un antiguo sirviente, quien la transformó en nido de mercancía ilícita y perdió todo rastro de moralidad.

Aun Ermenegilda, imaginé, retrocedería ante los nuevos inquilinos, hordas que parecían retornar desde los abismos.

En retrospectiva, revisando estos cuentos y otros que guardo para otros oídos, regreso a esa máquina del tiempo que, a través de las anécdotas de nuestros antepasados, me permite vislumbrar un pasado poblado de personajes cuyos logros y errores, pasan desapercibidos por nuestra naturaleza mezquina.

Basado en estos relatos, reflexiono, los fantasmas quizás sean conglomerados de sentimientos, pasiones y vivencias que quedan entrelazados con lugares y personas. Tal vez, los recuerdos más amargos o dulces, los hilos tejidos en la telaraña de tiempo y espacio, que ocasionalmente logran interactuar con nosotros en el plano que nos es dado vivir. Quizás, cada una de las personas que habitó esa casa eran los verdaderos fantasmas, entidades que pasaron por esta vida, amaron, odiaron, sufrieron y no entendieron nunca que solo eran espectros. Puede ser que yo como narrador de esta historia también soy un fantasma porque no comprendemos que ya nacimos muertos y que la vida sólo es un espejismo, una proyección de nuestros errores y aciertos, un proceso que se ha vuelto infinito a través de generaciones de familias que se empeñan en creer que las cosas serán diferentes, pero los eventos de la vida son y serán un ciclo interminable.

Mi tío Antonio

El Baúl, estado Cojedes 1930

"Cuanto más oscura es la noche, más brillantes son las estrellas. Cuanto más profundo es el duelo, más cercano está Dios."

- Fyodor Dostoyevsky

Mis abuelos paternos, en la vorágine de la vida, engendraron una decena de hijos, de los cuales únicamente tres perseveraron más allá del vaivén del tiempo. Precisamente, los últimos tres en un orden que me permito plasmar: José Antonio, Carmelo Antonio y Elba. Pero previamente a su llegada, en el telar de mis recuerdos, se entrelazan las evocaciones de dos tíos ya ausentes, Antonio y Margot, quienes, aunque mi contacto personal no alcanzó a rozar, parecieron incrustarse en el corazón de mis abuelos con hilos de profundo afecto.

Margot, como las leyendas que mi abuela narraba en las tardes nostálgicas y respaldado por el testimonio de mis tíos, fue una criatura de sublime hermosura que solo paseó su resplandor por este mundo durante el corto compás de un año. Con cabellos dorados y ojos azules, dones heredados de mi abuelo, es fácil imaginarla como el tesoro de los ojos cansados del anciano. Sin embargo, los desdichados aires de aquel entonces, donde la penicilina aún no había asomado su luz y los saberes médicos eran rudimentarios, impidieron que Margot pudiera desplegar ante el mundo la plenitud de su belleza, el encanto que solo el tiempo y la experiencia transforman en radiante madurez.

Siempre la visualizo a través de las estrofas de una antigua canción, interpretada magistralmente por la voz de Leo Marini[37], cuyo título coincide con el nombre de mi tía, y que reza así:

"y ella dijo adiós,

su nombre era Margot,

llevaba boina azul

y en su pecho colgaba una cruz"

¡Adiós, Margot! exclamarían mis abuelos, allí, en el sereno camposanto, mientras tu alma alzaba vuelo hacia los reinos de los sueños etéreos. Tú te vas y yo me quedo en estas tierras olvidadas de Dios.

Visualizo cómo la envolverían en un vestidito blanco, confeccionado con algodón exquisitamente tramado. Sus zapatitos de verano, ligeros como sus sueños, seguramente reposaban en sus pies de porcelana. Y en su cabeza, un lazo blanco que irradiaba pureza, realzando la delicadeza de su

---

[37] Cantante y actor argentino de la década de los 40 del siglo 20

cabecita nívea. En mi mente resuena esta imagen, una evocación que se convierte en un hilo ancestral que conecta mi presente con los ecos del pasado.

Este relato también aviva los recuerdos de mi padre, narrando las historias de familia a sus amistades, hebras de memoria que entretejen la figura de Margot y entonan la misma canción que, como un eco antiguo, perdura en la melodía de mis pensamientos. Ahora, el testigo que pronuncia "adiós, Margot" soy yo, llevando en mi voz el eco de despedida hacia la joven tía que partió antes de tiempo. ¡Adiós, Margot! Te unes al círculo que acoge a mis abuelos y a mi padre, en un abrazo de tiempos que convergen en el más allá.

Pero el dolor no halló su fin con Margot, ya que se cuenta que en un solo año llegaron a perder hasta dos hijos. Las simples gripes y las infecciones bacterianas se llevaron a los más vulnerables, y el golpe definitivo llegó con la despedida de Antonio. Antonio, el orgullo de Don Chucho, su hijo predilecto y heredero por antonomasia. Las memorias de mi padre pintan a un joven inteligente, radiante de alegría, audaz y de semblante apuesto. Poseía todo cuanto se podía anhelar y, como fruto adicional, destacaba por su dedicación al estudio. Era él quien estaba destinado a llevar los negocios familiares a niveles inexplorados, trazando el camino para que nuestra familia ascendiera a los peldaños más altos de la nación. Sin embargo, todo se desvaneció ante la implacable embestida de una fiebre que en los días actuales se resolvería en un breve lapso de dos o tres jornadas de recuperación.

Así como en la historia de aquel que camino entre los pobres y los desposeídos, el infortunio comenzó en un miércoles teñido de lluvia, un miércoles de ceniza, emblemática evocación de la efímera naturaleza humana, un recordatorio tanto de nuestra fragilidad como de la necesidad de enmendar, de preparar el alma para la llegada de la Pascua.

En este día arrancó la travesía de Antonio hacia el abrazo de la muerte. El joven partió en compañía de amigos para disfrutar de las actividades rurales, explorar las aguas del río, visitar compañeros, y quizás, robar el corazón de alguna muchacha. Sí, un día lluvioso y una gripe en la tarde marcaron el comienzo de su desgracia.

"Ofrezca jugo de limón, señora Margarita, el limón es eficaz contra la gripe", sugeriría la criada a mi abuela. Aunque el limón no logró mitigar la enfermedad y la fiebre se cernió sobre Antonio durante la tarde del jueves.

Consciente de la gravedad de la situación y teniendo en mente las pérdidas previas de sus otros hijos, don Chucho despachó un médico hacia la capital del estado. El costo no importaba; estaba dispuesto a invertir toda su fortuna para salvar a Antonio. Sin embargo, en aquellos tiempos, el viaje desde San Carlos hasta el Baúl resultaba arduo y el dinero, a diferencia de la fe, no era capaz de mover montañas.

La noche avanzaba y era ya el jueves cuando el canto de un urutaú[38] resonó en el techo de la casa. Esta ave tenía un canto peculiar, lúgubre y sombrío como un lamento humano. En los llanos venezolanos, la creencia sostenía que si el urutaú cantaba en una casa donde hubiera un enfermo, era señal de que la persona estaba destinada a partir. Fuera de sí, el anciano empuñó su carabina[39] y se lanzó al exterior, disparando en un frenesí hacia el pájaro funesto.

- Vete pájaro del demonio, no emitas tu sonido del infierno. No te llevarás a mi hijo – vociferaba el hombre, mientras sus tiros erraban en la oscuridad. La cólera y el miedo lo dominaban, obligándolo a regresar al interior de la vivienda en contra de su voluntad.

Llegó el viernes, y con él, el adiós final. La fiebre lo mató rapidito, expirando a la hora nona como si intentara emular a Jesús en la cruz. La madre lloraba inconsolable, mientras que el padre perdía la

---

[38] pájaro típico de Suramérica
[39] fusil

razón. Los parientes se apresuraron a organizar el velatorio, ya que Chucho había perdido toda lucidez. El temor a la posible contagiosidad de la enfermedad apresuró los preparativos.

El sábado, el desconsuelo persistía. Chucho notó que el perro de su hijo no merodeaba por los alrededores y, siguiendo una intuición, se dirigió al cementerio. Allí estaba el can, patas ensangrentadas por el incansable esfuerzo de cavar en la tierra, buscando afanosamente liberar a su amado dueño. El lamento del perro resonaba como el llanto de un infante, y en ese instante, el viejo se dejó caer junto a la tumba, llorando la pérdida de su muchacho. No hubo sábado de Gloria ni domingo de resurrección, ningún ángel se presentó para decir: "¿Por qué buscáis entre los muertos al que vive?" La buena nueva nunca llegó.

Tres días y tres noches, el anciano se aferró a la tumba de su vástago. Finalmente, lo hallaron y lo llevaron a la fuerza de regreso a su hogar. Pero para el can, la historia fue más trágica aún. No importaba cuánto lo apartaran de la sepultura, el perro volvía una y otra vez, hasta que finalmente lo encontraron sin vida junto a su amo ya fallecido. El can resistió hasta su último aliento, manteniéndose fiel hasta el final.

Puedo concluir que el verdadero fantasma en esta historia fue la figura de mi abuelo, que a partir de entonces transitó la vida sin un rumbo claro. Parecía haberse convertido en un alma en pena, donde el rencor y la amargura desbordaban hacia todo y todos. Sus negocios se desvanecieron, y la familia, una vez próspera y prominente en la región, cayó en el olvido y fue enterrada como el resto de mis tíos.

El chinchorro negro

Arismendi, estado Barinas 1936

"Los delitos llevan a las espaldas el castigo."

- Miguel de Cervantes

Esta narrativa se enclava en el sombrío período en que mi abuelo paterno fue arrojado a las garras de la Gran Depresión de los años treinta, una crisis económica que asoló el globo y, en el caso de Venezuela, dejó un reguero de comerciantes en ruinas, incluyendo los emprendimientos de mi abuelo. De pasar a ser un hombre de prosperidad, quedó sumido en apuros financieros, forzado a liquidar lo poco que le quedaba y a abandonar el pueblo de El Baúl, buscando refugio en la localidad de Arismendi.

El municipio de Arismendi figura entre los doce que conforman el estado Barinas en Venezuela. En la actualidad, alberga a alrededor de 21,000 habitantes, pero en aquel entonces, la población era mínima. La distancia que separa Cojedes de Arismendi, en Barinas, se extiende a unos 133 kilómetros, ubicándonos firmemente en la vastedad del llano. Las anécdotas que mi padre solía compartir insinuaban que esta región era más agreste, donde la labor de los peones arrancaba a las cuatro de la madrugada, sostenida únicamente por una taza humeante de café. La decisión de mi abuelo de adentrarse en el llano podría estar influenciada por el hecho de que mi abuela provenía de esos confines; es probable que contara con el apoyo de familiares en la zona.

Sin embargo, mi objetivo no es sumergirme en los detalles de la migración de mi familia entre estos territorios, sino más bien en la anécdota que mi padre aseguraba tener sus raíces en esas tierras. Personalmente, no he encontrado evidencia concluyente de que esta historia sea exclusivamente venezolana; es posible que sea un compendio de leyendas que cobraron forma en diferentes rincones de la América hispana, adaptándose según la ubicación donde se contara.

En esta continuidad, me complace compartir los relatos tal y como los escuché de las palabras de mi padre. En aquella época, emergió un hombre, al que llamaremos Julián Salcedo ya que su nombre preciso escapa a mi memoria. Este individuo frecuentaba el lecho de una mujer casada, ajena a él. Cada sábado, montaba su caballo y se dirigía al rancho de bahareque donde habitaba esta dama, consciente de que su esposo estaría ausente, ya que cada fin de semana se adentraba en la caza y volvía los domingos.

Como suele acontecer en estas situaciones, la tensión escaló, generando odios y chismes que inundaron el pueblo. La madre de Julián, una mujer de fe y buen carácter, notablemente afectada por la conducta de su hijo, le recriminó enérgicamente su comportamiento y le pidió que abandonara ese camino, pues ensuciaba el honor de la familia y también el suyo propio. Julián, testarudo y orgulloso, respondió con insolencia a su madre.

Sin embargo, la señora, desbordante de bondad y honradez, no tuvo más opción que perdonarlo y encomendar su protección a las ánimas, deseando fervientemente que cambiara su rumbo. A pesar de esto, Julián montó su caballo y se encaminó hacia su relación clandestina.

El rancho[40] se encontraba a 2 horas de cabalgata, pero pasados apenas 30 minutos, divisó a lo lejos una procesión acompañando a un chinchorro negro. Llegando a su encuentro preguntó con tono llanero:

- ¿A dónde va por ai[41]?

Respondió un hombre de sombrero de ala ancha, con el rostro oculto bajo la sombra que dificultaba distinguir sus rasgos:

---

[40] Nombre que se le da a las casas de la gente pobre en Venezuela
[41] Uso modificado de la gramática según la manera de hablar del llanero venezolano. Sería allí en la gramática castellana

- Llevamos a este difunto a su entierro.

Movido por la curiosidad que ya lo embargaba, Julián prosiguió con la siguiente pregunta:

- ¿Y quién es el finao[42]?

- Su nombre es Julián Salcedo – contestó el interlocutor bajo el sombrero.

Julián experimentó un escalofrío que le recorrió el cuerpo. Aunque intentó escudriñar el rostro de la figura en el chinchorro, este permanecía oculto y enigmático. Sin embargo, continuó su trayecto. No pasaron ni veinte minutos cuando se topó nuevamente con una procesión similar, portando otra hamaca negra. Aceleró el paso y, al enfrentar al grupo, repitió su pregunta para conocer la identidad del difunto. La respuesta que obtuvo lo dejó estupefacto: su propio nombre resonó en sus oídos una vez más. Inclinándose a pensar en una extraña coincidencia, tomó las riendas de su bestia y prosiguió su camino. Nada ni nadie podría impedirle alcanzar su destino anhelado.

A medida que se acercaba al rancho donde la mujer lo esperaba, una loma cubría la vasta sabana donde se asentaba la modesta vivienda. Una vez más, una comitiva similar se cruzó en su camino, compuesta

---

[42] difunto

por hombres de luto portando un chinchorro negro. Julián, otra vez, lanzó su pregunta al aire:

- ¿Hacia dónde se dirigen?

Obtuvo la misma respuesta que las caravanas anteriores habían dado. Con la partida de la comitiva, un profundo temor se apoderó de Julián, su sangre se heló y sus piernas se debilitaron, cediendo ante el malestar estomacal típico del miedo.

A punto de cruzar la loma y adentrarse en la llanura que ofrecía a la vista su ansiado destino, tomó una decisión radical: giró su montura y se dirigió de vuelta a la localidad de Arismendi

Lo que Julián desconocía era que el esposo de la mujer había descubierto sus infidelidades y había forzado a su esposa a invitar al infractor. El marido esperaba escondido en el lugar adecuado para, en el momento propicio, eliminar al ladrón de sus afectos.

¿Fueron las ánimas las que varias veces le advirtieron del inminente peligro? ¿Las plegarias de su madre activaron la intervención de los ángeles para protegerlo? ¿Se trató simplemente de una triple coincidencia? Dejo al lector la elección de la interpretación que considere más adecuada.

Bolas criollas

Estado Cojedes llano adentro, 1938

"El alma desordenada lleva en su culpa la pena."

- San Agustín

Esta historia proviene directamente de mi padre, quien juró y perjuró hasta sus últimos días que era totalmente cierta. Los sucesos que voy a narrar a continuación ocurrieron exactamente como los relataré.

Quiero comenzar este cuento destacando una cualidad única de mi padre: su habilidad para contar historias. Ya fueran leyendas de los llanos o sus propias vivencias, él tenía el don de dotarlas de un atractivo incomparable, lo que hacía que escucharlo fuera todo un placer. Sus descripciones eran como pinceladas que pintaban vívidamente a los personajes y paisajes, haciéndolos cobrar vida como si estuvieras viendo una película en pantalla grande. Sus imitaciones de sonidos y gestos de los personajes narrados te sumergían por completo en la historia.

Claro, que para ser justo debo hacer hincapié que esta capacidad es típica de las personas que provienen de los llanos venezolanos, donde la narración oral es una forma fundamental de transmitir conocimientos y experiencias, especialmente en un entorno tan desafiante como ese. Antaño, cuando la tecnología escaseaba, estas habilidades eran esenciales para sobrevivir en esas tierras. Lamentablemente, hoy en día, los jóvenes llaneros han abandonado en gran medida estas tradiciones maravillosas en favor de sus dispositivos móviles y mensajes predefinidos, lo que a menudo no aporta nada positivo. También quiero hacer mención, que era evidente para mí el efecto que tenía en mi padre compartir alguna historia en la que mi abuelo estuviera involucrado. Su rostro se iluminaba con una alegría distante, pero al mismo tiempo transmitía un profundo respeto por la memoria de su progenitor.

Así pues, habiendo establecido este contexto, me dispongo a compartir la historia que nos ocupa. Hace ya algún tiempo, en la Venezuela rural, donde la mayoría de la gente se desplazaba a caballo o en mula, mi abuelo decidió llevar a mi padre, que en ese entonces tendría apenas unos ocho años, en una de sus travesías desde el pueblo de El Baúl hacia los llanos occidentales. Para mi padre, esta oportunidad de viajar con mi abuelo y los peones que formaban parte de su séquito fue como embarcarse en una aventura invaluable, algo similar a visitar la isla del tesoro de la novela de Robert Louis Stevenson. Cabalgar por los extensos llanos, navegar en un bongo hacia las tierras de Apure y tal vez llegar hasta el Capanaparo, pasando por San Fernando y adentrándose aún más al sur por las tierras del Cinaruco. Incluso en la actualidad, esta sería una travesía larga, y en aquellos tiempos, con escasos medios de transporte modernos, debió haber sido todo un periplo.

Imagino a mi abuelo dirigiéndose a mi padre con estas palabras: "Mira, Carmelito, prepárate, porque mañana salgo de viaje de negocios y te llevaré conmigo para que aprendas". Debió haber sido un gran privilegio que el viejo lo eligiera a él por encima de su hermano mayor, José Antonio.

Mi padre cuenta que la travesía se desarrolló sin problemas y que la inmensidad de los llanos dejó una profunda impresión en él. Las garzas, los caimanes, las madrinas de orejanos[43] y un horizonte interminable que se extendía como un océano en una llanura que parecía no tener fin. Así avanzaron durante todo el día hasta que la tarde cayó con calma, el sol se sumergió en el horizonte, tiñéndolo de un rojo intenso antes de desaparecer por completo. Fue en ese momento cuando divisaron un caserío a lo lejos. Mi abuelo decidió que era prudente pasar la noche allí, ya que no había otro lugar cercano donde refugiarse.

---

[43] ganado

Una vez llegaron al lugar, fueron recibidos por un viejo caporal de un hato cercano. Este hombre vestía unos pantalones rotos y una franela desgastada. Tras el saludo de costumbre en esa región, mi abuelo le preguntó si sería posible que él, su hijo y los peones que lo acompañaban pudieran pasar la noche en algún lugar que les proporcionara abrigo. El campesino, de manera amigable, les indicó que podían quedarse en la pequeña casa de atrás, ya que ese lugar ya no se utilizaba. La vivienda estaba en ruinas parciales, pero conservaba la típica arquitectura de las casas venezolanas de la época, con un corredor que rodeaba la casa y un patio interno que servía de alivio al calor de los llanos.

Después de asegurar las mulas en el corral y colgar las hamacas a lo largo del corredor, mi abuelo y mi padre compartieron una hamaca en el centro, con un peón a cada lado. Mi abuelo dio instrucciones al peón de confianza para tener el Mauser[44] listo por si acaso, aunque él mismo llevaba un revólver calibre .38 preparado en la cintura.

La noche llegó rápidamente, trayendo consigo el coro ensordecedor de millones de grillos que parecían formar una orquesta de sonidos vibrantes, junto con otros ruidos propios de la noche. No pasó

---

[44] Rifle alemán

mucho tiempo antes de que se durmieran, pero como buenos llaneros, sabían que no era aconsejable entregarse completamente al cansancio. Mi abuelo y los peones mantenían un ojo entreabierto, alertas ante cualquier posible contratiempo.

Fue entonces, alrededor de la una de la madrugada, cuando un sonido de golpes en el suelo, similar al rodar de una bola bajo las hamacas, recorrió el pasillo y terminó con un golpe sordo contra una de las paredes al final del corredor.

El sonido continuaba: "run, run, run", hasta que finalmente chocaba contra la pared con un "thud" que sobresaltó a todos los presentes. Mi abuelo sacó una linterna para intentar descubrir la causa de este extraño fenómeno, pero no pudieron discernir ningún detalle que les indicara su origen.

Después de unos minutos de frustración al no poder entender la razón detrás de estos ruidos, se prepararon nuevamente para acostarse cuando, una vez más, el objeto rodó por el pasillo y golpeó la pared.

"¡Buena vaina! ¿Será algún tipo de animal? ¿O quizás están jugándonos una broma los vecinos de la otra casa?", se preguntó mi abuelo en voz alta. Sin embargo, antes de que pudiera terminar de expresar sus sospechas, el objeto pasó de nuevo bajo sus hamacas: run, run, run, thud.

Mi abuelo decidió entonces utilizar su linterna para iluminar el objeto justo cuando pasaba debajo de su hamaca, con la esperanza de descubrir su naturaleza. Pero en el momento en que la luz lo alcanzaba, el ruido cesaba abruptamente. Parecía como si la misteriosa entidad comprendiera que estaba siendo observada y ocultara su verdadera naturaleza. Mi abuelo intentó varias veces sorprenderlo, pero cada vez que lo iluminaba, el sonido se detenía de inmediato.

Run, run, run, silencio. Así funcionaba cada vez que la linterna se encendía.

Fue entonces cuando el peón de confianza, en su típico acento llanero[45], sugirió - Umju[46], eso parece ser un alma en pena. Sería mejor que recemos un Padre Nuestro y un Rosario.

Así que comenzaron a recitar oraciones y, durante unos minutos, la entidad intensificó su presencia. Su paso se hizo más continuo y los sonidos más definidos. Mi padre, que se aferraba con miedo al cuerpo de mi abuelo, no entendía del todo lo que

---

[45] Hombre de las pampas venezolanas
[46] Expresión coloquial venezolana

estaba sucediendo, pero se unió al proceso de oración.

Finalmente, después de recitar la última oración del Padre Nuestro, el ruido cesó sin explicación alguna.

Imagino que para mi padre fue extremadamente difícil conciliar el sueño esa noche. Seguramente verificaba constantemente la presencia de mi abuelo y se aseguraba que su antecesor estuviera alerta por si esa entidad volvía "para llevárselo por las patas", como solían decir las personas mayores en aquellos tiempos en relación con los espíritus que se llevaban a los niños traviesos, aunque esta no parecía ser la razón de esta situación. Al final, el sueño debió vencer, y el día amaneció sin incidentes, acompañado por el canto de los pájaros y la fresca brisa matutina.

Antes de partir, fueron invitados a desayunar con los habitantes del lugar, y durante la comida, mi abuelo planteó la cuestión del incidente nocturno que habían presenciado. Antes de que pudiera terminar su pregunta, notó una expresión en los rostros de los lugareños que revelaba tanto aceptación como conocimiento de la situación. Un anciano presente se acercó y ofreció una explicación que dejó a todos perplejos:

- Mire don, eso que ustedes escucharon ayer, no es la primera vez que se nos cuenta. To'[47] el mundo que pasa la noche en ese corredor informa del ruido de un objeto que va rodando de un lao[48] pa'[49] otro y choca contra la pared. La cosa comienza cercano a las "unas"[50] y se queda sonando un ratico o hasta que los presentes deciden dejar a la carrera el lugar por lo que pueda estar causando ese "joropo"[51].

Nuestro interlocutor continuó con su relato, – La situación fue que hace años en ese rincón se armó una jarana de aquellas, y la peña se pasó de tragos. Entre el guateque y la chispa, perdieron la razón y armaron un zafarrancho que ni al rosario le cuadraba. En aquellos tiempos, por estos lares vivía un jefe civil "gomero[52]" muy estricto. Y como no le paraba bolas a ese tipo de andanzas, se lanzó a poner orden en la parranda, a esa Gomorra que tenían montada.¡umju! Lo que no sabía el hombre es que esa gente era maaaala y al entrar en la casa le volaron la cabeza de un machetazo. Pero la historia no queda allí, porque después de que le volaran la sesera se pusieron a jugar bolas criollas y la testa pegaba contra la pared. Desde entonces el anima de ese desgraciado se presenta en ese lugar como

---

[47] To es la palabra todo, pero en forma coloquial se elimina parte de la palabra
[48] Lao es la forma coloquial de decir lado
[49] Pa es la forma coloquial de decir para
[50] El llanero dice unas en vez de una
[51] Joropo es un baile venezolano típico de los llanos
[52] Referente al dictador venezolano Juan Vicente Gómez

buscando rebajar sus culpas para que por fin pueda descansar en paz.

La impresión en los invitados fue profunda, y mi abuelo decidió prender una vela y rezar nuevamente antes de partir, con la esperanza de contribuir a la liberación del alma en pena. Después de la despedida, montaron sus caballos y se alejaron lentamente. El caserío desapareció gradualmente de su vista, al igual que las penas del jefe civil y los pecados de los lugareños, mientras el horizonte se extendía ante ellos.

El grito de la muerte

Valencia, estado Carabobo 1996

"El miedo es mi compañero más fiel, jamás me ha engañado para irse con otro"

- Woody Allen

Puedo atestiguar la veracidad de esta anécdota, ya que fui su protagonista. Aunque parezca fantástica y espeluznante, los acontecimientos que voy a relatar a continuación ocurrieron tal como los cuento. Estos sucesos tuvieron lugar durante mis años de estudio de ingeniería en la ciudad de Valencia, mientras me alojaba en una residencia de estudiantes que se encontraba justo en frente del politécnico. Esta casa era excepcionalmente conveniente, ya que solo tenía que cruzar la calle para llegar a la institución educativa, lo que me ahorraba dinero en transporte y tiempo, un recurso invaluable en una ciudad como Valencia.

La vivienda en cuestión era una estructura de dos pisos con un jardín exterior rodeado por un muro de concreto. Se podía acceder al lugar de dos formas: a través de una puerta trasera que daba a un patio interno, generalmente utilizado para el cuidado de los animales, quiero acotar que la dueña era veterinaria de profesión. La otra opción era por la puerta principal que se encontraba en el frente, después de pasar un portón entre los muros externos. El interior de la casa reflejaba una melancolía palpable. Sus muebles estaban gastados y en ruinas, el lujo era ajeno a su estructura. La cocina, sencilla, se encontraba a la izquierda al ingresar. A la derecha, después de entrar, se hallaba un pequeño consultorio donde la doctora tenía sus herramientas para atender a las mascotas que llegaban. Entre el consultorio y el otro extremo de la casa un tanto más a la izquierda y justo en el medio, se erguía una escalera que conducía al piso superior. En la planta superior, un pasillo que albergaba dos habitaciones en los extremos y otras dos en los laterales. La dueña ocupaba el cuarto en el extremo izquierdo, si nos orientamos de la misma manera que al ingresar. Tanto en la planta baja como en la superior, la casa mostraba signos de decadencia: pintura desprendida, paredes manchadas por el paso del tiempo y un evidente abandono en general.

Compartía la habitación en esta residencia con otros compañeros de la misma institución, pero mi buen amigo Félix Osio también solía visitarnos a diario. Era habitual que pasáramos tiempo juntos, disfrutando de unas cervezas y jugando al dominó u otras tonterías. No fue un período desagradable para mí; aprendí a desarrollar mis habilidades sociales, toqué la guitarra, conocí a algunas mujeres y pude relajarme tras un período previo de intensa presión.

Aparte de Félix, nos acompañaban dos hermanos oriundos del oriente del país, un compañero que venía de Barinas, un médico de Coro que había llegado recientemente y otra persona que, según entiendo, era originaria de Maracay. Lamentablemente, no recuerdo los nombres de ninguno de ellos, así que me conformaré con mencionarlos según sus lugares de origen.

Un nombre que sí puedo evocar es el de la dueña de la residencia, Mirian, y la he retenido sobre todo porque meses después tomó la decisión de alejarse voluntariamente de esta vida por razones que nunca entendí completamente.

Es relevante destacar que, antes de mi experiencia en Valencia, pasé dos años en el estado Amazonas, al sur de Venezuela, concretamente en Puerto Ayacucho. Durante ese período, desempeñé el rol de oficial del ejército en la Brigada de Infantería de Selva de esa región. Recién graduado y siendo un joven de veintiún años, oficialmente me encargaba de las comunicaciones, aunque en la práctica, mi labor se limitaba a mantener a los soldados ocupados en prácticas de orden cerrado que consideraba obsoletas frente a los avances tecnológicos militares de la época. Mi motivación para continuar en ese camino era escasa, y aparte de mis responsabilidades en la brigada, solía deambular por la ciudad sin un propósito definido o pasar horas leyendo en la biblioteca de la alcaldía. Fue entonces, cuando se me ocurrió que sería una buena idea invertir mi dinero en la compra de artesanías locales, con la esperanza de que algún día pudieran aumentar su valor fuera de aquellas tierras. Hoy en día, sigo pensando en ello, aunque lamentablemente perdí todas esas adquisiciones en años posteriores. Recuerdo que compré cuadros y esculturas multicolores, así como una escultura negra que se asemejaba a un tótem, del tamaño de un niño de tres o cuatro años, tallada en un material pesado, posiblemente una especie de piedra (esto es para dar una idea de su tamaño y peso). En su expresión facial, mostraba una mezcla de aves y otros animales que nunca pude identificar claramente, y en la base, un relieve representaba unos pies que podrían ser humanos, aunque no puedo afirmarlo con certeza. Imaginen que este tótem tenía forma de cilindro, como un pequeño barril negro, y los relieves presentaban una figura antropomórfica. A mucha gente le causaba cierto temor a primera vista, pero yo apreciaba la destreza artística que había en su creación. Una vez que finalizo mi servicio en esas tierras, regresé a la capital, y todas esas artesanías me acompañaron. La gente en los aeropuertos y estaciones de autobús se mostraba curiosa, ya que estas artesanías no eran tan comunes fuera de la región de las Amazonas. Así que también me acompañaron a la ciudad de Valencia durante mi período de estudios de ingeniería, convirtiéndose en parte notable de esta narración.

Volviendo a aquellos tiempos de residencia en Valencia, quiero destacar que lo que nos caracterizaba era nuestro comportamiento poco amable con las personas recién llegadas. Las bromas, algunas de mal gusto, nos entretenían y puedo decir que todos fuimos víctimas de este modus operandi por lo menos alguna vez mientras vivimos en ese sitio. En este relato, quiero resaltar especialmente a la persona recién llegada de Maracay, que desempeñará un papel crucial en esta narración.

Fue un día más en mi rutina diaria. Tras concluir mis clases vespertinas, me encaminé hacia la residencia, saludando a los presentes como era habitual. En esta ocasión, Mirian tuvo el honor de presentarnos a nuestro recién llegado. Este individuo se sumaría al grupo de inquilinos más veteranos, compartiendo ese honor con el doctor. A diferencia de la mayoría, él no estaba estudiando; por el contrario, ya estaba empleado. Desde el principio, demostró ser una persona de buen carácter y trato afable, encajando sin problemas en nuestro círculo.

Esa tarde, compramos unas cervezas y lo invitamos a unirse a nosotros, como era habitual, para jugar al dominó. Alrededor de las 9 de la noche, uno de los orientales mencionó que en esa casa solían ocurrir eventos paranormales, ya que anteriormente había ocurrido la trágica muerte de una anciana. Comprendimos de inmediato que esto marcaba el inicio de una de nuestras típicas bromas de iniciación. Félix comenzó a recitar oraciones incomprensibles, el compañero de Barinas insinuó que él era materia, un concepto utilizado por los entendidos en lo sobrenatural para referirse a personas que podían comunicarse con seres del más allá. Mirian nos miraba con una sonrisa de complicidad. Cada uno aportó su toque a la narrativa y, después de varias cervezas que se convirtieron en una botella de ron, llegué yo con el elemento fundamental: el tótem que siempre me acompañaba, como si fuera una mascota. Fuimos a mi habitación y le mostramos la estructura, insinuando que siempre había estado presente en la casa y que era una prueba de que la mansión estaba embrujada o, incluso, maldita. La expresión en el rostro de nuestro nuevo amigo era de asombro y desconcierto, ya sea porque las historias le causaban miedo o porque se preguntaba en qué tipo de residencia había caído, con qué tipo de personas estaba compartiendo. Mantuvimos la farsa hasta que llegó la hora de dormir. Cada uno se retiró a su habitación, y yo, con algunas cervezas de más, simplemente me quité la ropa y me tendí en la cama, exhausto después de un largo día. Las luces se apagaron, el sueño llegó rápidamente y el silencio llenó la casa.

Horas después, el efecto de las cervezas y el metabolismo me despertaron con la urgencia de orinar. Necesitaba aliviarme, pero me encontraba en medio de una habitación oscura que daba a un pasillo que me parecía aterrador. Al principio, me moví en la cama en un intento de engañar a mi cuerpo y ganar tiempo hasta que la luz del sol trajera la tranquilidad necesaria para ir al baño de manera segura. Sin embargo, pronto me di cuenta de que mi esfínter no aguantaría tanto tiempo, y no podía permitirme la vergüenza de orinarme en el lugar. Así que, con temor en el corazón, decidí levantarme, abrir la puerta de la habitación y caminar los pocos pasos que separaban mi cuarto del baño. Valiente, ¿verdad? El miedo se apoderaba de mí mientras avanzaba por la oscuridad, y las sombras en la puerta del pasillo me hacían temer lo peor. Yo, que fui parte de la cohorte de los que querían arrojar la piedra hacia el acusado era ahora juzgado por la vindicación divina que está presente cada vez que un jodedor se empeña en perder su tiempo en cosas nimias.

Para poder llegar al baño, tendría que pasar el corredor que lo conectaba y era incluso del entender de los viejos inquilinos, que allí se había quitado la vida el dueño anterior de esa casa al colgarse en el marco de una de las puertas. Era mi pensar que al salir del cuarto vería el espectro del difunto colgando y mirándome en forma amenazante y con la intención de juzgar mis malos actos.

Con la gracia de Dios logré llegar al baño y cerrar la puerta para garantizar que ninguna "mano pelua[53]", o La Llorona[54], o el Silbón[55] o algún diablo suelto insistiera en compartir sitio conmigo. Quisiera orientarlos en la descripción del baño como un espacio pequeño, con la ducha en una esquina, una pequeña ventana en la pared de la ducha, el inodoro a medio camino entre la puerta y la ducha, y el lavamanos a un lado. El lugar carecía de iluminación eléctrica, por lo que tenía que guiarme a tientas hasta que mis ojos se acostumbraran a la penumbra. Esa noche, la oscuridad era especialmente densa, y la casa se encontraba en una

---

[53] Leyenda venezolana que trata sobre una mano negra peluda, pero en forma coloquial se elimina la d en la palabra
[54] Típico espanto latinoamericano de una mujer terrible que destruye a los hombres
[55] Típico espanto venezolano, sumamente malvado y que fue maldecido por matar a su padre y madre para comérselos

calle poco transitada, por lo que los sonidos de la noche eran claramente audibles. El zumbido rítmico de los grillos se convertía en una canción nocturna que llenaba el aire: "crii, crii", "crii, crii". También se escuchaban sonidos que probablemente provenían de aves nocturnas, algo así como "pajui", "pajui".

Procedí a hacer lo que debía hacer, tratando de mantener la calma a pesar del ambiente inquietante. Sin embargo, en ese momento, un grito femenino, el más espeluznante que jamás había escuchado, rasgó las sombras de la noche y me llenó de un terror indescriptible. Perdí completamente el control, la orina se dispersó en todas direcciones, incluso sobre mí mismo, mis músculos se contrajeron y mi voz se apagó por completo. Puedo dar fe de que esas escenas de películas antiguas de la década de 1930, donde el personaje de Drácula se acerca a la protagonista y ella, dominada por el terror, no puede pronunciar palabra alguna, son absolutamente ciertas. Qué vergüenza tener que compararme con esos personajes de películas de terror, pero me di cuenta de que los guionistas de esa época debían haberse basado en situaciones de terror extremo, y yo estaba viviendo una experiencia similar en carne propia.

El grito resonó nuevamente, y en ese momento aseguré la puerta del baño con todas mis fuerzas para evitar que cualquier cosa, fuera lo que fuera, pudiera entrar a buscarme. Había sido parte de quienes querían gastarle una broma al nuevo inquilino, y ahora me estaba convirtiendo en la víctima. Comprendí de la peor manera que no se debe jugar con lo desconocido. Pasó un breve tiempo sin que se escuchara ningún ruido, y cuando finalmente reuní el valor para salir del baño, el aullido aterrador volvió, imitando el llanto de una mujer o quizás de un niño. No me quedó más remedio que recurrir a mi fe, que había olvidado desde hace tiempo, y comencé a rezar un Padre Nuestro.

Resulta interesante cómo los agnósticos y ateos pueden abandonar fácilmente sus posturas cuando se enfrentan a situaciones extremas. Yo, que me consideraba un materialista y seguía las teorías de la era moderna, recurrí a la abstracción más incomprensible: Dios. Sin embargo, el miedo era tan intenso que ni siquiera podía recordar la estructura de esa oración tan hermosa. "Padre nuestro que estás en....". No importaba cuánto lo intentara, mi mente quedaba en blanco.

En ese dilema existencial, los gritos de la entidad continuaban sin cesar. Fue entonces cuando decidí refugiarme en la bañera, como si estuviera buscando protección en una especie de cueva imaginaria, donde los espíritus de la noche no pudieran alcanzarme. Los gritos seguían y yo no podía recordar ninguna oración que pudiera ayudarme. Claramente, esto era un castigo por mi mala conducta, y posiblemente fuera solo el comienzo de algo mucho peor.

Debo admitir aun a costa de mi amor propio y mi honorabilidad que mis ojos estaban a punto de llorar cual chiquillo y mi aparato digestivo estaba a punto de soltar todo el contenido consumido el día anterior. La situación era desesperada, porque si no era una entidad del más allá la que me castigaría por mis acciones, entonces serían mis compañeros de habitación, que quienes al día siguiente no pararían de burlarse por haberme asustado de esta manera. Estaba atrapado entre el miedo y la vergüenza, sin saber qué sería peor. Algo así como que o "me agarraba el chingo o me agarraba el sin nariz".

Luego, otro grito, pero esta vez me di cuenta de que provenía del exterior de la casa. Recordando que había una pequeña ventana en la parte superior de la pared del baño, intenté encaramarme para ver la fuente de esos gritos, pero entendí que la ventana no era lo suficientemente grande como para asomar la cabeza y mirar hacia abajo. Además, no me sentía como un héroe dispuesto a enfrentar lo que fuera. Decidí sentarme y analizar la situación, buscando una explicación a los gritos. Debía haber algo que estaba pasando por alto, algo que diera sentido a lo que estaba experimentando. Me dije a mí mismo: "Estás estudiando ingeniería, comprendes las ciencias como matemáticas, física y química, has estudiado psicología y entiendes la relación entre la materia y la energía". Esta especie de autoconvencimiento comenzó a aclarar mi mente gradualmente, y pude filtrar el sonido de los gritos para obtener una mejor definición de lo que estaba sucediendo.

Fue entonces cuando comprendí que el grito no era producido por una mujer ni por un espíritu, sino por un gato. Más tarde, cuando compartí esta historia a un amigo oriundo del Guárico, confirmó que los chillidos de las gatas en celo pueden confundirse con el llanto de una mujer o un niño. En ese momento, mi mente, influenciada por el ambiente que yo mismo había creado y el entorno lúgubre de la casa, había transformado esos sonidos en el aterrador lamento de una Llorona que venía a castigarme por mis travesuras. Es interesante pensar cuántas de las leyendas que conocemos en América Latina podrían tener un origen similar, basado en malentendidos y malinterpretaciones, que con el tiempo se han convertido en parte de nuestra rica y colorida cultura así también en siglos pasados yo pude haber sido el motivo de una nueva leyenda, la leyenda del grito de la muerte.

La Bola de Fuego

Sudamérica, 1951

"La demencia en el individuo es algo raro; en los grupos, en los partidos, en los pueblos, en las épocas, es la regla"

- Friedrich Nietzsche

El 12 de octubre de 1492 el Gran Almirante posas sus pies en tierras de las Indias como así él lo creía y como así lo creyó hasta su muerte. Con este evento comenzaría una relación difícil que se extendería por 300 años en donde la América hispana pasaría por distintos periodos, la mayoría de dolor extremo.

Era un proceso de parto, y no fue un parto fácil porque desde los territorios de La California hasta el extremo sur de la Tierra de Fuego, sufriría una unión de razas, un mestizaje más o menos forzado. Finalmente, todos estos elementos confluyeron en un crisol humano que daría como resultado a los latinoamericanos, una identidad híbrida y diversa. Como bien expresó el Libertador Simón Bolívar, "No somos indios ni europeos, sino una especie intermedia entre los legítimos habitantes de estas tierras y los colonizadores españoles".

Más allá de los debates sobre los derechos de los españoles en estas tierras, es importante destacar que los 300 años de convivencia entre estos diversos grupos humanos engendraron una riqueza cultural única. A diferencia de otras regiones del mundo donde la segregación racial prevaleció, en Latinoamérica, la convivencia forzosa y luego voluntaria, condujo a una fusión de tradiciones, lenguajes y costumbres. El resultado es una composición variada y multifacética que no puede ser fácilmente definida, en contraste con las regiones de Europa, Asia, África o América del Norte, donde las divisiones raciales y culturales se mantuvieron firmes debido a actitudes discriminatorias.

En resumen, la historia de América Latina es una narrativa épica de mestizaje y diversidad, forjada en los fuegos de la convivencia y el conflicto, donde ninguna raza o cultura puede reclamar una supremacía absoluta. Es un testimonio de la capacidad de las personas para adaptarse, evolucionar y florecer en medio de la complejidad humana.

En el vasto telar de la historia, se tejía una narrativa sorprendentemente similar en toda la extensión de la América hispana. Llegaba el español soldado, aventurero, católico-apostólico y romano, con una visión de cruzado y de conquistador. No eran hombres de pusilanimidad ni mediocridad en el campo de batalla. Si la apuesta por mi propia supervivencia dependiera del triunfo de un ejército, sin duda alguna elegiría a los "Tercios"[56], como mi primera y más segura opción.

Su conquista, en un principio, se teñía de sangre y desolación, pero con el tiempo, una suerte de negociación, más o menos pactada, se establecía con los pueblos indígenas que aún permanecían. Con la llegada de manos esclavas de África, se erigían las primeras ciudades y haciendas en estas tierras. Pero en los vastos territorios de Perú y México, el brillo del oro y la plata añadió un elemento que elevó aún más la magnificencia de estos lugares, dotándolos de templos y universidades que la América del norte ni siquiera se atrevía a soñar.

Fue claro para los reyes españoles que manejar todos estos territorios se les haría muy difícil no solo por su extensión sino por el carácter alebrestado de los súbditos de la corona castellana en esas tierras. Era necesario establecer leyes para organizar el territorio, para definir los derechos de los indios, para legalizar la condición de los negros, para el cobro de los impuestos, para establecer un sentido de civilización, pero también era necesario dividir a sus colaboradores para no otorgarles mucho poder. Las leyes se hicieron, las injusticias se cometieron, pero mal que bien el imperio

---

[56] Era el nombre que se le daba al soldado élite español

sobrevivió por 300 años. Pero estas tierras desde el principio tuvieron una condición que nos acompaña hasta nuestros días y en donde "las leyes se acataban, pero no se cumplían" o se cumplían más o menos según la conveniencia. Cuando el hombre de turno en el poder recibía una Cédula Real[57], la cual era impartida por el monarca instalado en la capital del imperio que si recordamos inicialmente era Toledo, la leía y se daba cuenta de que era inaplicable, entonces convocaba a los políticos y religiosos y llegaban a un acuerdo de que "se acata, pero no se cumple". No desconocían la autoridad del rey, pero se adaptaban a la realidad de las Américas.

Es en este escenario en donde viene a ser parte el personaje que será protagonista de esta historia. Me refiero a Lope de Aguirre o como se le conoce en gran parte de Sudamérica "El Tirano Aguirre". Era este un hidalgo que era oriundo de Araotz, Oñate una localidad al norte de España, vino al mundo el 8 de noviembre de 1510. A la edad de 21 años, llego a sus oídos las hazanas del Conquistador Francisco Pizarro. Pizarro había descubierto el imperio de los Incas y con su Trece de la Fama y otro grupo de acólitos que no sobrepasaría los 250 soldados logró doblegar un imperio que se extendía desde Ecuador,

---

[57] También llamada real despacho, fue en el derecho español durante el Antiguo Régimen un despacho del rey de España, expedido por algún consejo o tribunal superior a instancias del rey o en su nombre (es decir, por decisión del tribunal), en que se concedía una merced o se tomaba alguna providencia - wikipedia

pasando por Perú y Bolivia para llegar hasta Chile y el norte de Argentina. Para el momento de su rendición contaba con un estimado de 12 millones de almas por lo que la gesta de Pizarro yo creo supera con creces las acciones de Alejandro Magno. Es claro que las acciones de Pizarro incluyeron el asesinato, la traición, la expoliación, pero mi relato no se centra en el formato moral del individuo sino en los hechos acontecidos. Sería una hazaña en particular, la que repercutiría en la psique de los súbditos del imperio y es que Pizarro forzó al Inca Atahualpa a llenar una vez con oro y dos veces con plata una habitación de varios metros cuadrados para permitir su rescate por parte de los indios leales al emperador Inca. Nunca e incluso en nuestros días se ha pagado un rescato de tanto valor y nunca tan vilmente no se cumplió con lo pactado porque al recibir el encargo Pizarro forzó al Inca a recibir comunión y ser ejecutado.

En ese turbulento escenario histórico, Lope de Aguirre arribó a las tierras del Perú en torno al año 1536, y desde el mismo instante de su llegada, su reputación se vio teñida por un sombrío espectro de violencia, crueldad y tendencias subversivas. Estos eran tiempos marcados por las sangrientas luchas internas que desgarraban el corazón del Perú, y Aguirre se sumió en varias de estas contiendas, resultando herido de gravedad en una de ellas, quedando con una pierna inútil y con sus manos marcadas por las llamas de un arcabuz defectuoso.

Quizás hubiese desaparecido en la oscuridad del olvido, como tantos otros españoles que vivieron y murieron en estas tierras, de no ser por el caprichoso giro del destino que lo cruzó con la expedición de los Marañones[58], nombre que tomó del río que inicialmente surcaron al partir desde el Perú.

Al mando de esta audaz empresa se encontraba Pedro de Ursúa, quien dirigía a unos 300 españoles, cerca de un centenar de indígenas y algunos esclavos negros. Aguirre se unió a esta aventura, llevando consigo a su hija mestiza de nombre Elvira. El objetivo de la expedición era la búsqueda del mítico Dorado, la ciudad legendaria de los Omaguas, donde se afirmaba que incluso las calles estaban pavimentadas con oro. Es probable que esta idea fuese una artimaña urdida por los indígenas, quienes, conocedores de la avidez de los españoles por el oro, emplearon esta leyenda con astucia para distraerlos y llevarlos a los confines de la selva devoradora de hombres.

Desde el inicio la expedición estaba condenada al fracaso pues su líder Pedro de Ursúa estaba más interesado en complacer a su amante mestiza, Inés de Atienza que de velar por el orden y la disciplina de tan dispar grupo. Existe un documento de nombre "**Noticias historiales de las conquistas de**

---

[58] El río Marañón es un río que fluye íntegramente en territorio peruano. En su confluencia con el río Ucayali forma el río Amazonas – Wikipedia.

Tierra Firme en las Indias Occidentales"[59] por Fray Pedro Simon y cuyo original se encuentra en la biblioteca de la universidad de California la cual tuve la oportunidad de revisar, donde refleja en la página 249 que un amigo cercano de Ursua le advierte del peligro:

"De todas estas ocasiones la tomó un Pedro de Linasco, vecino de las Chachapoyas, grandeamigo del Pedro de Ursua, y bien experimentado en jornadas y de gran conocimiento demuchos de los que iban en ésta, y de las ocasiones que lo suelen ser de alzamientos, paraescribirle una carta en que le avisaba de las sospechas con que todos quedaban en el Perú, demuchos de los soldados que llevaba, que por ser gente facinerosa y bulliciosa le podrían ser degrandes inconvenientes, y aun por ventura causa de su muerte; y en especial se podíasospechar esto de Lorenzo de Salduendo, Lope de Aguirre, Juan Alonso de la Bandera,Cristóbal de Chávez, un don Martin y otros que también nombraba, diciendo que por diez ódoce hombres más ó menos no habia de dejar de proseguir su jornada y así le rogaba losechase de su compañía".[60] Terrible error de parte de Ursua de no haber tomado consejo. Bien vale el dicho "Guerra avisada, no mata soldado" pero parece que Ursua no lo conocía.

---

[59] Noticias historiales de las conquistas de Tierra Firme en las Indias Occidentales por Fray Pedro Simon
[60] Texto escrito en español antiguo

Además de lo ya mencionado, la implacable selva también desempeñó su siniestro papel, mientras la enfermedad y el hambre se aliaban para aumentar la desesperación en el grupo. La primera víctima fue el propio Ursúa, aunque en ese momento Aguirre optó por no revelarse como el líder detrás de la trama, prefiriendo utilizar a un mero títere, Fernando de Guzmán, como fachada temporal para dirigir la insensata odisea en busca del Dorado en las profundidades de la selva amazónica.

Sería un primero de enero cuando Aguirre junto con una docena de seguidores, tomaron a Ursua desprevenido y lo cosieron hasta desfigurarlo. Imagino la impresión de Ursua al ver a los traidores. Intentaría tomar la espada para enfrentar les, púes como ya dije, los tercios no eran cobardes. Además, sabía que, a su muerte, la próxima víctima sería su mujer que muy posiblemente sería ultrajada.

- ¿Qué os pasa? ¿Os habéis vuelto locos? – diría esto con espada en mano
- Venimos por vuestra merced y déjese de sandeces porque sabes como va a terminar todo esto – respondería alguno de sus asesinos.

El primer sablazo pudo entrar en la parte izquierda del abdomen lo que lo dejaría fuera de servicio, luego se agregarían todos al unísono, dagas y sables mayoritariamente hacia el rostro, la sangre corriendo en forma abundante y los quejidos de una víctima que no iba a morir al instante. Yo he presenciado los cuerpos de personas muertas a machetazos y puedo testificar que el resultado es verdaderamente horrible. Cavidades de los ojos vacías, orejas a medio cortar, cráneos que muestran parte del formato cerebral a la vista de los testigos. Así terminaría el muy confiado Ursua, así terminaban en América aquellos que olvidaban que estas empresas eran de vida o muerte.

Fue Guzmán quien nombró a sus nuevos lugartenientes, elevando a Aguirre a la posición de segundo al mando. Mientras tanto, Inés de Atienza se vio forzada a entregarse a uno de esos recién llegados comandantes, un individuo conocido como Zalduendo, como única vía para sobrevivir en medio de la creciente barbarie que los rodeaba.

Se cuenta que, a la muerte de Ursúa, Guzmán reunió en asamblea a los jefes del ejército para deliberar sobre los planes futuros. Trato de mantener la idea del descubrimiento y conquista de El Dorado; porque esto en cierta forma los limpiaría del proceso de traición que se había llevado a cabo. De tener éxito, el rey fácilmente perdonaría lo que habían hecho como de costumbre había sucedido en otras expediciones exitosas. Se redactó un escrito de justificación, incluyendo una declaración y pruebas de que Ursúa estaba ocasionando graves daños a la expedición y que dicho documento debían firmarlo todos los hombres del campamento. Vandera y Montoya personas adeptas a Aguirre aprobaron la medida, mientras tanto Aguirre permaneció en segundo plano para poder analizar en mejor manera los eventos. Así se redactó el documento y se reunió a los soldados para que lo firmaran. Guzmán, como general, fue el primero en estampar su firma en el papel. A continuación, Aguirre, en su calidad de maestre de campo y segundo al mando, firmó, pero con un añadido singular: "Lope de Aguirre, Traidor". Los más, quedaron atónitos; hubo algunos que sintieron arrepentimiento y entendieron el error que habían cometido y trataron de convencer a Aguirre que esa no era la salida. Existe un párrafo en la novela de Robert Southey "**La expedición de Ursúa y los crímenes de Aguirre**"[61] donde el autor expone a un Aguirre contestatario y que responde a las súplicas de sus allegados con estas palabras:

«Caballeros, ¿qué locura es esta? ¡Como si lo que hemos hecho fuera un mero pasatiempo, y no obra de hombres resueltos y sensatos! ¿No hemos dado muerte al gobernador del rey, quien representaba a su persona y tenía plenos poderes y autoridad? ¿Y vamos a pretender ahora quedar absueltos de toda culpa por medio de escritos y procesos que hemos pergeñado nosotros mismos, como si el rey y sus jueces no fuesen a entender de dónde salen? Todos hemos participado en la muerte del gobernador, y todos nos hemos alegrado de ella; quien no lo sienta así, que se lleve la mano al corazón y lo diga; así pues, todos hemos sido traidores. Supongamos, pues, que encontramos esta tierra que

---

[61] La expedición de Ursúa y los crímenes de Aguirre por Robert Southey

estamos buscando, y que la conquistamos y nos asentamos en ella, y que fuera diez veces más rica que el Perú, y mejor colonizada que la Nueva España, y que el rey fuera a sacar mayor provecho de ella que de todo el resto de las Indias... El primer bachiller y letradillo que llegara con una comisión de Su Majestad a hacer pesquisas sobre nuestra conducta nos cortaría a todos la cabeza; ¡esa sería la recompensa que nos valdrían nuestros servicios! Por consiguiente, como las vidas ya las tenemos perdidas, es mi consejo que las vendamos caras, y nos adelantemos a los que quieran destruirnos dirigiéndonos a una buena tierra que todos conocemos bien y donde tenemos bastantes amigos, los cuales, cuando vean el propósito con el que hemos vuelto, nos recibirán con los brazos abiertos y se unirán a nosotros y nos defenderán hasta la muerte. Ese es el camino que nos corresponde tomar, y por esta razón he firmado como Traidor».

No debería extrañar que algo similar se hubiera dicho en el lugar, ya que varias cartas posteriores que Aguirre envió al emperador Felipe II exponían su plan de libertad y autogobierno para las Américas.

En este punto, la expedición estaba efectivamente bajo el despiadado mando de un Aguirre que empezaba a perder la cordura. Utilizaba cualquier pretexto como excusa para llevar a cabo asesinatos sin piedad. Además de la psicopatía de Aguirre, la humedad, el intenso calor y los peligros inherentes a la selva contribuían a desgastar aún más a la expedición.

Los salvajes habitantes de la selva, como jaguares acechadores, pirañas voraces, temibles caimanes de más de seis metros, insectos venenosos y las tribus de indígenas que les eran contrarias, añadían un elemento adicional de agotamiento. Aquellos que han tenido la experiencia de la selva comprenderán lo que quiero decir. La lluvia es una compañera constante, y mantenerse seco es una tarea ardua. Las enfermedades de los pies son comunes entre aquellos que visten ropas típicas de lo que llaman el "mundo civilizado". La fiebre del paludismo se convierte en una presencia endémica y te persigue implacablemente. La palabra "calentura[62]" se vuelve parte del vocabulario cotidiano, ya que es una fiebre que nunca parece abandonarte, aunque para algunos europeos, que no poseen las defensas necesarias, resulta ser mortal, sin darles tiempo para siquiera saborearla.

Aguirre preparó una estrategia de desgaste basada en el sabotaje y la intriga porque su objetivo ya no era El Dorado ni nunca lo fue, su misión era la rebelión contra todo y contra todos. Años de rencor y privaciones habían acelerado su gusto por la destrucción absoluta incluyendo la suya misma. Estaba dispuesto a cagarse en el rey y el mismo

---

[62] Fiebre de la selva debido al paludismo o malaria

Dios si así era necesario. Primero hizo hundir varias barcazas para introducir un retraso en la misión, luego los asesinatos selectivos. Valcazar fue uno de los primeros, luego Vandera y Cristóbal Hernández. Así fue aumentando los ajusticiamientos, algunos sin basamento alguno y de esa manera también disminuía el poco poder que tenía Guzmán el supuesto nuevo líder de la expedición. Y hablando de Guzmán, se sabe que habían llegado a la rocambolesca imposición de una supuesta coronación como príncipe del Perú y puesto que el nuevo líder era un hombre fácil de ser manipulado aceptó tamaña tontería lo que le daba tiempo a Lope de Aguirre para ir desmoronando lo que quedaba de la expedición.

Misma suerte tuvo el mismo Zalduendo el nuevo amante de la mujer del finado Ursúa para que luego, sicarios de Aguirre asesinaran a puñaladas a Doña Inés y muy posiblemente también fue violada en el proceso. La sangría aquí no tuvo fin. El sacerdote Henao, Serrano y Baltazar, así como el mismo Guzman que murió de un arcabuzazo en una de las típicas maniobras de traición del asesino Aguirre.

Habiendo muerto Guzman, Lope de Aguirre tomó completo control del resto de los hombres. Los españoles ya sea por temor al nuevo líder o porque estaban tan imbuidos de su locura, lo seguían sin titubear. Los indígenas que integraron la comitiva desde el principio habían abandonado la expedición escapando hacia la selva quedando algunos esclavos negros en el séquito. Junto a Aguirre, continuaba su hija mestiza que según las malas lenguas tenía una relación que no representaba una interacción correcta entre padre e hija.

El 23 de marzo de 1561, Aguirre instó a 186 capitanes y soldados a firmar una declaración de guerra al Imperio español, en donde se le proclamaba príncipe del Perú, Tierra Firme y Chile. Fue tal el impacto de esta acción, que siglos después el libertador Simón Bolívar dejó escrito que la rebelión de Lope de Aguirre fue la primera declaración de independencia de una región de América. No obstante, yo veo en el Tirano Aguirre ese terrible germen típico del mundo hispano en donde la desobediencia militar se opone a las instituciones que simbolizan la ley y el orden. El rey, aunque fuera un monarca absoluto, simbolizaba las instituciones y la seguridad de las leyes, aunque a veces esas leyes no se cumplieran por igual. Pero Aguirre, era la anarquía en donde de seguro no hay opción de ser respetado o cumplido por la justicia en ninguna manera.

La ruta que Lope de Aguirre tomó a partir de ese punto no ha quedado clara para los historiadores, pero es plausible para el conocimiento que tengo de esa región, que haya ingresado al río Negro desde la parte alta del río Amazonas. Siguiendo el curso del río Negro, habría alcanzado el otro gran río de Sudamérica, el río Orinoco. Siguiendo un curso que rodeaba la densa selva, pudo haber avanzado hacia el territorio central, pasando por los costados de los llanos centrales y orientales de Venezuela, con la meta de alcanzar finalmente la desembocadura en el Atlántico.

¿Cuáles serían los pensamientos de Aguirre y el resto de los insubordinados en esta etapa de la travesía? Se había convertido Aguirre en el líder de una nación ficticia, una nación de ladrones, asesinos y resentidos que buscaban vengarse de las inclemencias que el destino les había dado en esas tierras lejanas de las Indias. No hubo oro, ni plata para esta misión, solo había selvas interminables, sabanas infinitas, montañas que rozaban el cielo y esa era la riqueza que ni los emperadores ni los conquistadores españoles nunca entendieron de las Américas. La nación de los marañones como a Aguirre le gustaba nombrar a sus seguidores, era una de las primeras expediciones de europeos en adentrarse en el rio Orinoco y en el corazón de una selva que no se hace amiga de los hombres que le son foráneos. La visión de la unión de las aguas del río Caroní, de color negro, con las del caudaloso río Orinoco, de color marrón, sin mezclarse durante varios kilómetros debido a la fuerza de sus torrentes, debió ser un espectáculo asombroso y misterioso para estos aventureros. O ver el ancho que logra el Orinoco por la región del Delta Amacuro donde puede alcanzar un grosor de veintidós kilómetros en tiempos de lluvia. Estos pobres diablos que habían pasado la Mar Océano[63]

---

[63] Mar Océano era el nombre que se daba al océano Atlántico en esa época.

y que ahora se encontraban en un mundo tan distinto, con una belleza así de incomparable como malvada, tan alejada de la equilibrada naturaleza europea porque en la selva nada es constante, nada es homogéneo. Tierras anegadas, árboles gigantes que tapan la luz del sol y en donde la tierra vive una noche eterna, animales que parecían sacados de la historia de las Mil y Una Noches[64], seres humanos que se mimetizaban con la naturaleza que les rodea. La muerte es parte fundamental de la selva porque desde las hojas de los árboles que al morir alimentan esas tierras pobres de recursos minerales, hasta la descomposición de millones de insectos y animales de todos los tipos, mantienen el ciclo de la vida y de la muerte que es tan común por esas tierras. Es, en carta de Aguirre -redactada meses después y dirigida al emperador Felipe II donde se puede inferir el verdadero estado anímico y psicológico de nuestro personaje. Este documento, escrito en "Nueva Valencia"[65] y entregado a un fraile, es un testimonio fundamental para comprender los primeros años de la conquista de América y revela a un hombre que no era falto de formación, pero también llevaba consigo el peso del resentimiento acumulado a lo largo de los años y una personalidad explosiva y a veces incoherente. Estos fragmentos de su carta ofrecen una ventana al

---

[64] Las mil y una noches es una recopilación medieval de cuentos orientales tradicionales.
[65] Nombre que originalmente se le daba a la ciudad de Valencia ubicada en Venezuela.

mundo turbulento y oscuro en el que se encontraba inmerso Lope de Aguirre y su grupo de seguidores en medio de la selva implacable y enigmática:

"En mi mocedad pasé el mar Océano á las partes del Pirú, por valer más con la lanza en la mano, y por cumplir con la deuda que debe todo hombre de bien; y así en veinte y cuatro años te hecho muchos servicios en el Pirú, en conquistas de indios y en poblar pueblos en tu servicio, especialmente en batallas, recuentros que ha habido en tu nombre, siempre conforme á mis fuerzas y posibilidad, sin importunar á tus oficiales por paga ni socorro, como paresçerá por tus Reales libros. Bien creo, excelentísimo Rey y señor, que para mí y mis compañeros no has sido tal, sino cruel é ingrato á tan buenos servicios como has rescibido de nosotros; aunque tambien creo que te deben de engañar los que te escriben destas tierras, como estás muy lejos.

Avísote, Rey español, donde hayas mucha justicia y retitud y asi cumple para tan buenos vasallos como en estas tierras tienes, aunque yo no, por no poder sufrir más las crueldades que usan estos tus Oidores, Virey y Gobernadores, he salido de hecho con mis compañeros, cuyos nombres luego diré, de tu obidencia, y desnaturándonos de nuestro natural, ques España, y hacerte en estas partes la más cruda guerra que nuestras fuerzas lo puedan sustentar y suplir. Y esto cree, Rey y señor, nos ha hecho hacer no poder sufrir los grandes pechos, y premios y castigos injustos que nos dan tus ministros, hijos y criados: nos han usurpado nuestra fama, vida y honra, ques lastima oir el mal tratamiento que se nos han hecho"

Sigue en otro párrafo con sus quejas y expone:

"Mira, mira, Rey español, que no seas cruel á tus vasallos ni ingrato, pues estando tu padre y tú en los reinos de Castilla sin ninguna zozobra, te han dado tus vasallos, a costa de su sangre y hacienda, tantos reinos y señoríos como en estas partes tienes; y mira Rey y señor, que no puedes llevar, con título de Rey justo, ningun interés destas partes donde no aventuráste nada, sin que primero los que en esta tierra han trabajado y sudado sean gratificados."

Luego da confesión de sus actos crueles en párrafos posteriores:

"Fue este mal Gobernador tan perverso, ambicioso, miserable, que no lo podiamos sufrir; y asi por ser imposible relatar sus maldades y por tenerme por parte en mi caso como me ternían, no diré más, excelente Rey y señor, de que le matamos, cierto, muerte bien breve; y luego a un mancebo, caballero de Sevilla, que se nombraba D. Fernando de Guzman, le alzamos por nuestro Rey y le juramos por tal, como tu Real persona verá por las firmas de todos los que en ello nos hallamos, que queda en la isla de la Margarita destas Indias. Y á mi me nombraron por su Maestre de campo, é porque no consentí en sus insultos y maldades, me quisieron matar, é yo maté al nuevo Rey, y Capitan de su guardia, y Teniente general, y cuatro capitanes, y su Mayordomo, y su Capellan, clérigo de misa, y una mujer de la liga contra mi, y á un comendador de Rodas, y á un almirante, y á dos alférez y otros cinco ó seis aliados suyos. Y con intencion de llevar la guerra adelante ó morir en ella, por las muchas crueldades que tus ministros usan con nosotros, y nombré de nuevo capitanes y sargento mayor, y me quisieron matar y los ahorqué todos, caminando nuestra derrota, pasando todas estas muertes y malas venturas."

Podemos continuar el relato de nuestra historia cuando habiendo llegado Aguirre al Atlántico por la desembocadura el Orinoco, puso rumbo hacia la isla de Margarita[66] donde sus actos quedarían grabados en el recuerdo de sus pobladores hasta los días de hoy. Existe un poblado con su sobrenombre, "El Tirano" que originalmente era conocido como puerto de Paraguachi y aunque en tiempos de la independencia se rebautizó con el nombre de puerto Fermín, ha mantenido hasta nuestros días el nombre de nuestro personaje pues hoy los lugareños y foráneos lo siguen mentando de esa misma manera. Es así como este aventurero que desde el Perú y por todo el río Marañón o Amazonas llegó un día a las apacibles costas de la isla de Margarita un lunes por la tarde del 20 de junio de 1561, venían ellos en dos bergantines, comandado uno por Martín Pérez y el otro por Lope de Aguirre, los cuales atracaron en las playas de Paraguachí para desde ahí iniciar la aterradora matanza de los habitantes de la isla.

---

[66] Isla ubicada en el caribe venezolano

Los habitantes de la isla, desconociendo los oscuros antecedentes de esta desafortunada expedición, confiaron en las solicitudes del grupo de forajidos. Aguirre usó sus artimañas para lograr que los acogieran, les brindaran alimento y suministros, sin sospechar la atrocidad que se avecinaba. Empleó alguna que otra muestra de oro para hacerles creer que venían dispuestos a compartir riqueza por suministros y una vez asentados en la isla, los intrusos perpetraron un acto de violencia inaudita: asesinaron al Gobernador y a todas las personas influyentes de la comunidad. No contentos con esto, incendiaron las casas, las haciendas y las iglesias, dejando una estela de destrucción y caos. El robo, la violación y los asesinatos se convirtieron en su distintiva.

Se cuenta que se turnaban hombre tras hombre para violar una misma mujer y la edad no era ningún limitante para ellos. Era tan buena la niña de unos pocos años, como la anciana en sus postrimerías.

Entre las víctimas se encontraba una antepasada de Simón Bolívar, Ana de Rojas. Trágicamente, Ana perdió la vida junto a más de 50 personas, incluyendo hombres, mujeres y niños, en un acto que careció por completo de clemencia. Este grupo de bandidos demostró una crueldad despiadada que dejó una cicatriz indeleble en la historia de la isla y en la memoria de sus habitantes. La trágica suerte de Ana de Rojas fue sellada debido a un acto de supuesta hospitalidad. Ella había sido obligada a dar alojamiento en su casa a uno de los desertores de los Marañones, un hombre llamado Alonso de Villena. Sin embargo, en un régimen donde no existían más reglas o leyes que el capricho impulsivo de Lope de Aguirre, esta acción le costó la vida. Fue condenada a ser ahorcada por haber refugiado a un desertor, incluso antes de que Villena se declarara como tal. El castigo fue especialmente brutal, ya que mientras la ahorcaban, la utilizaron como blanco de tiro para las hordas de bandidos que la rodeaban. El esposo de Ana de Rojas tampoco escapó de la violencia de este grupo despiadado. Fue asesinado en su propia finca, en un acto de barbarie, junto a un sacerdote dominico que lamentablemente se encontraba en el lugar equivocado en el momento equivocado. Estos relatos reflejan la crueldad extrema y la falta de piedad que caracterizaba a Aguirre y sus seguidores en medio de su locura y violencia desenfrenada.

Queda escrito en las crónicas de Robert Southey que Aguirre en su absoluta locura mandó trasladar al gobernador y su gente a una sala que probablemente estaría en el castillo de Pampatar. Menciona el autor que Aguirre disfrutó jugando con la psique de los pobres diablos indicándoles que solo era una transferencia para garantizar su propia seguridad. Imagino que el rostro de Aguirre exponía sus verdaderas intenciones y los condenados sabían de antemano su triste destino. Fueron ejecutados todos; en algunas obras como la de Otero Silva[67] se

---

[67] Escritor y político venezolano

expone que los cráneos eran quebrados y esto introdujo una clase de enfermizo disfrute para el Tirano. Esto indicaría que estamos en frente de una personalidad psicopática que disfrutaba asesinando.

Pero también es evidente que este personaje, Lope de Aguirre, llevaba a cabo estas atrocidades con la intención de comprometer a sus seguidores de tal manera que no pudieran retroceder o traicionarlo al unirse al bando contrario. Él estaba plenamente consciente de que sus actos eran tan infames que no habría posibilidad de perdón por parte de la autoridad. Al empujar a sus seguidores hacia faltas tan deplorables, Aguirre buscaba mantener un control absoluto sobre ellos, asegurándose de que no tuvieran escape y permanecieran leales, aunque fuera por temor a las terribles consecuencias de traicionarlo. Su estrategia era construir un lazo inquebrantable de lealtad basado en el miedo, el pecado y la desesperación.

La muerte de su maestre de campo, de nombre Pérez, añade otro sombrío episodio a la escalada de violencia y caos que caracterizó el régimen de Lope de Aguirre durante su estancia en la isla. Las razones detrás de su muerte pueden haber variado desde un intento de traición real hasta la simple paranoia de Aguirre. Sin embargo, lo que esto dejaba claro era que nadie estaba a salvo bajo el dominio de un individuo tan desequilibrado y peligroso como Aguirre.

Con el tiempo, otros colaboradores también cayeron en desgracia, y si no fueron ejecutados por ahorcamiento, fueron víctimas de garrote o cuchillo, lo que acentuaba aún más el clima de terror que prevalecía entre los seguidores de Aguirre. Su liderazgo se caracterizó por una crueldad despiadada y una paranoia que llevó a una serie de purgas sangrientas en su propio grupo, donde la desconfianza y el miedo reinaban supremos. Luego de acabar con casi todos los habitantes de la isla, pues los únicos sobrevivientes fueron los que lograron esconderse en los montes, salió el tirano hacia la costa del continente y llegó específicamente a las costas de Borburata[68]. Esta era un poblado de unas cuantas casas, una iglesia - la cual creo que todavía se encuentra en pie y todo esto aglomerado alrededor de una plaza amurallada que servía de protección a los constantes ataques de piratas. Se piensa que Aguirre llegó con 4 embarcaciones, 150 hombres, 2 caballos, 30 monturas, 6 piezas de artillería y 100 arcabuces lo que le daba una fuerza bastante notable para lo poco defendido que estaba el territorio venezolano. Hay que recordar que Venezuela nunca representó un territorio importante para la corona española y era una de las regiones más pobres y olvidadas del gobierno peninsular por lo que su defensa corría por cuenta de los locales y sus recursos eran muy limitados. Sumado al hecho que estos bandoleros estaban curtidos en las guerras

---

[68] Pequeña ciudad en las costas centrales venezolanas

civiles del Perú y estaban acostumbrados al intercambio de fuego por lo que ponía en serios aprietos a las personas que habitaban esta región. De por sí, la tragedia de Aguirre fue que no comprendió que esta era el verdadero camino para intentar tener un triunfo en su dislocado proyecto ya que su plan original de seguir al Perú estaba condenado al fracaso pues nunca podría contar con las herramientas necesarias para enfrentar al ejército regular de la corona española. Si se hubiera hecho fuerte en los llanos venezolanos y se trae para si el apoyo de indios y negros esclavos, quien sabe cómo se hubiera desarrollado los acontecimientos.

La situación en Borburata era tensa, y los habitantes del lugar ya estaban al tanto de los numerosos actos violentos que habían ocurrido en la isla de Margarita, donde incluso el propio gobernador había sido ejecutado. En medio de su temor, observaban desde las colinas el desembarco de Lope de Aguirre y sus hombres.

Es posible que los invasores marcaran su presencia clavando una espada en la arena, un gesto simbólico de reclamo de territorio para aquellos tiempos. Aguirre, consciente de la inquietud de los pobladores, envió a un grupo de soldados al pueblo para transmitirles un mensaje de tranquilidad. Les aseguraron que no tenían motivos para temer, ya que no había recursos ni riquezas que pudieran aprovechar allí.

En medio de esta situación, los soldados encontraron a uno de los desertores que había escapado de Margarita. Este hombre, una vez capturado, logró salvar su vida argumentando que había sido engañado por los otros involucrados y que, dado que era leal, había decidido unirse de nuevo a la noble empresa de Aguirre. Nunca sabremos si Aguirre creyó completamente en su historia, pero no podía permitirse perder más hombres en ese momento, por lo que decidió reintegrarlo a sus filas.

Esta historia ilustra la complejidad y la incertidumbre de los acontecimientos en ese momento, donde la lealtad y las alianzas podían ser volátiles, y las decisiones se tomaban en medio de circunstancias extremadamente difíciles.

No obstante, hubo otras deserciones y cuando quisieron aplicar excusas similares, Aguirre ordenó colgarles sin aspavientos. En el libro denominado "Lope de Aguirre, predecesor de la independencia americana", el autor expone en una forma un tanto jocosa que uno de los desertores quería aclarar con sus propios ojos si habían llegado a tierra firme o a una isla y por eso se había alejado del lugar, Aguirre mandó que lo colgaran del árbol más alto, para que saliese de su incertidumbre. Esta manera malsana de humor negro que tenían nuestros conquistadores nos ha acompañado hasta nuestros días, pasando por la figura de Boves el general realista de la independencia venezolana y así también en la guerra Federal donde el general Zamora llegaba a una población y mandaba a ejecutar a todos los presentes y si un subalterno le recordaba que también habían niños en los presentes, él le respondía con sorna que más ligero cumpliera las ordenes pues no había que dejar enemigos para el futuro. También estuvo muy presente en el dictador Juan Vicente Gomez cuando cerró las universidades debido a las protestas y dijo con cierta gracia "Los estoy tratando como un padre severo. ¿No quisieron estudiar? Los enseños a trabajar" y así más o menos nuestros gobernantes han utilizado estas maneras que lamentablemente banalizan la tragedia de nuestro pueblo.

Tras este incidente, Aguirre dio la orden a sus hombres de incinerar las cuatro naves que los habían transportado desde Margarita, así como todo lo que permanecía anclado en el puerto. Con este gesto, dejó claro que no existía una senda de retorno; el único camino que divisaba era la contienda contra su majestad el rey. En adelante, su temperamento se volvía completamente inestable. A menudo, perdonaba la vida de los enfermos tan solo para luego someterlos a la ejecución, acompañada de mensajes cargados de burla y desprecio.

Las noches se enrojecían con el fulgor de sus borracheras y las deserciones continuaban como una sombra constante. Uno de los desertores, conocido como Alarcón, fue recuperado por el alcalde de Borburata. En un oscuro pacto, en el que Aguirre tenía a su hija y esposa como rehenes, se negoció la entrega de Alarcón como moneda de cambio. Sin titubear, el Tirano accedió a devolverles a las mujeres, pero solo para satisfacer su gusto perverso por atrapar al traidor. Sus ansias de sangre lo impulsaron a dictar su ejecución pública, arrastrándolo por las calles y, finalmente, desmembrándolo. Cuentan que Aguirre se regocijaba ante la cabeza de Alarcón en una estaca, pronunciando palabras incomprensibles.

Aguirre había transitado de ser el indiscutible líder a convertirse en una figura desagradable. Del experimentado y valeroso soldado se había transformado en un agente de la muerte. Un tirano atormentado por el constante temor por su vida, un hombre que había vivido en un mundo de traiciones y que sabía que solo cosecharía más traición. Llevaba consigo siempre sus armas, probablemente su espada y puñal, simulaba el sueño, pero jamás cerraba ambos ojos, mantenía un ojo entreabierto, vigilante. Había establecido una guardia de confianza con sus más cercanos, pero incluso de ellos desconfiaba.

Aguirre cojeaba, su apariencia era cadavérica, su semblante perpetuamente sombrío, y su presencia, en cada comentario y gesto de la tropa que lo acompañaba, se volvía ominosamente omnipresente. Por eso, todos temían incurrir en su ira, ya fuera por acción o inacción.

En el caso de Valencia[69], el grupo de los marañones no pudo tomar prisioneros porque la gente de la ciudad ya al tanto de la barbarie, se había refugiado en la isla de Tacarigua y habían tomado disposiciones para evitar que los revoltosos pudieran llegar al sitio al no dejar embarcación disponible. Todas estas vicisitudes, la dificultad del clima y el terreno, las constantes deserciones y el temperamento dislocado, violento y explosivo de Aguirre ya habían puesto fecha de finiquito a esta empresa cantinflesca[70]. Solo faltaba como decimos los venezolanos "un empujoncito" para que cayera este tirano en manos de las autoridades.

Mientras tanto, las fuerzas leales al rey se estaban movilizando para poner fin a la revuelta que había sembrado el caos. El plan se trazó en las mesas de las autoridades de las ciudades de Tocuyo y Mérida, y los costos de los preparativos recaerían en los hombros de los lugareños. Entre aquellos valientes españoles dispuestos a unirse a la fuerza restauradora, destacaba la figura de Diego García de Paredes. Con su gallardía y un séquito de más de veinte hombres, se incorporó al ejército que se preparaba bajo la dirección de las autoridades locales. Aquí es donde se demuestra la grandeza de aquella España imperial donde el soldado entendía cuál era su deber sin importar que los números no le

---

[69] Valencia es la segunda ciudad en tamaño de la nación venezolana. Lleva el mismo nombre de la ciudad española
[70] Cantinflas, famoso comediante mexicano

favorecieran y enfrentaba al enemigo en nombre de su Dios, de su honor y de su rey.

En adelante, Aguirre no se enfrentaría a indefensos desarmados, ni a mujeres y niños que pudieran ser presa fácil de su violencia. Ahora, el adversario eran los conquistadores locales, hombres curtidos en batallas contra los indomables indios caribes de la región, poseedores de la templanza y la experiencia necesarias para encarar a Lope de Aguirre. Además, estos soldados tenían una lealtad innegociable hacia la corona y esta era una etapa de la historia de España en la que se empezaba a abrazar con orgullo su condición de español.

Los pormenores de la estrategia se planificaron meticulosamente: dónde librarían la batalla, cuántos hombres movilizarían, el contingente de caballería disponible y los detalles sobre el armamento. Sin embargo, más que la fuerza bruta, esta vez, el gobernador demostró astucia. Su primer movimiento fue despojar a los marañones de cualquier recurso que pudieran aprovechar en su camino: no quedó ganado disponible, las ciudades se vaciaron de la mayoría de sus recursos y se apostaron soldados en los alrededores de Barquisimeto, que se perfilaba como el probable campo de batalla. Pero, lo más significativo, fue su ofrecimiento del perdón a los seguidores de Aguirre, con la astuta intención de desbandar sus fuerzas y someterlo sin mayor resistencia. Más vale maña que fuerza y en este caso al gobernador le sobró la maña.

El plan se desarrolló con éxito, y las escaramuzas fueron socavando gradualmente el ardor de los sublevados. En el último suspiro de su intento de insurrección, cuando Lope de Aguirre comprendió que su victoria era inalcanzable, pues la mayoría de sus hombres habían huido desordenadamente, se dirigió al lugar donde su hija se encontraba. Con una puñalada mortal, pronunció sus sombrías palabras:

- Di tus oraciones hija mía, pues vengo a matarte.

- ¿Por qué, mi señor? – exclamó ella con desconcierto.

- Te mato, hija, para que no caigas en ultraje, y, además, para que no digan después de mi muerte que eres la hija de un traidor, – respondió con frialdad.

Salió del cuarto y avistó las fuerzas del rey que se aproximaban al sitio. Sin embargo, antes de que tuviera la oportunidad de luchar o rendirse a las autoridades, dos de sus leales marañones lo ajusticiaron con certeros disparos de arcabuz. Es probable que lo hicieran para evitar que el tirano narrara los crímenes cometidos y los inculpara de tanta barbarie.

Su cuerpo sufrió la cruel desmembración, y sus partes fueron llevadas a distintas ciudades de la región como macabros recordatorios del destino de los traidores. Las tierras circundantes al lugar de su ejecución fueron regadas con sal, asegurando que nada pudiera florecer en aquel terreno maldito. Su nombre fue condenado por las autoridades religiosas, y su alma fue excomulgada, de manera que la ley de Dios lo persiguiera aún después de su muerte.

Lope de Aguirre se convirtió en uno de esos trágicos personajes que parecen haber emergido directamente de las obras griegas de la tragedia clásica. Su destino ya estaba predestinado, y no solo por el turbulento comienzo de su desquiciada expedición. Sus raíces hundían sus miserables cimientos en una España que apenas emergía de la Edad Media, donde la pobreza trazaba el destino inexorable de los humildes.

Este individuo que huyó de España bajo la acusación de violar a una campesina, que se unió al heterogéneo grupo de aventureros que cruzaron el vasto océano, rebosando de audacia, valentía y un ímpetu desmedido, pero también impregnados de una inusitada maldad que regaron con violencia las tierras americanas, estaba destinado a un destino aciago. Aquel que quedó lisiado de un pie en las cruentas guerras civiles del Perú, aquel que fue condenado a muerte por asesinar a un juez de esas tierras americanas y logró salvar su vida al unirse a las fuerzas del rey para sofocar una revuelta, aquel que finalmente desempeñó un papel en la expedición de los marañones y que con ellos estableció un país cuya población era una mezcla disímil de ladrones, asesinos, negros esclavos y algunos indígenas, no podía avizorar un final distinto al de una muerte violenta.

No obstante, al igual que los héroes de las tragedias griegas que trascienden el olvido, la figura de Aguirre se arraigó profundamente en el corazón y la memoria de los venezolanos. Su vida turbulenta y sus acciones extremas dejaron una huella indeleble en la historia de una tierra marcada por la diversidad y la complejidad de sus relatos.

Los ancianos y campesinos de épocas pasadas legaban historias que estremecían el alma. Aseguraban haber escuchado relinchos de caballos en la noche y lamentos que resonaban desde lo más profundo de ultratumba. Sostenían que estos sonidos anunciaban la presencia de un alma en pena, la de Lope de Aguirre, conocido como el Tirano, y junto a él, los espíritus errantes de sus marañones. Venían en busca de las almas inocentes, perpetuando su obra de maldad y locura en el reino de los vivos.

El Tirano Aguirre continúa aterrorizando a la gente, sin que obedezca las leyes de Dios o las del Diablo. Si algo fue innegable es que su espíritu no reconocía otra autoridad que la suya propia, y no estaba dispuesto a permitir que nadie forjara otro destino que no fuera aquel que trazaba con su espada ensangrentada.

En las vastas llanuras de Venezuela, se dice que se manifiesta en forma de una ominosa bola de fuego, y contra su influjo, las oraciones carecen de efecto. La única defensa que previene su acecho es el conjuro de maldiciones y el recordatorio implacable de su horrendo acto: el asesinato de su propia hija. Solo entonces, ahuyentado por el remordimiento, se aparta en busca de una nueva víctima desprevenida.

Quiero concluir esta narración con el relato de mi propio padre, quien, en la década de los años cincuenta del siglo XX, se encontraba inmerso en el proceso de fundación del partido Acción Democrática en las tierras del Estado Cojedes. Él contaba que, en una cálida noche de verano, junto a sus compañeros de partido, en las vastas llanuras cojedeñas, observaron atónitos cómo una esfera de fuego se aproximaba velozmente hacia ellos. La primera reacción fue la de recurrir a la oración, buscando la protección de los santos. Sin embargo, uno de los presentes les recordó que esa apariencia era característica del difunto tirano, y que las plegarias más bien podrían atraer la atención de ese demonio en busca de perdón o debilidad en los creyentes. Entonces, las maldiciones empezaron a fluir de forma instintiva. "¡Maldito! ¡Traidor! ¡Mataste a tu hija! ¡Enviado del mal! ¡Sin perdón de Dios!". Mi padre juró y reafirmó hasta sus últimos días que este acontecimiento fue real, y que, efectivamente, la esfera de fuego cambió su curso en el momento en que las maldiciones comenzaron a surtir efecto.

Las cruces del camino

Carretera Caracas – Valencia, 1962

"Sufrir y llorar significa vivir"

- Dostoyevski

Las carreteras de mi amada tierra trazan un mapa de memoria, cada una marcada por cruces que susurran las historias de aquellos que, en un fugaz instante, partieron debido a infortunados accidentes. Aquí, una cruz al borde del camino; allá, un pequeño mausoleo que parece destinado a acoger a una muñeca olvidada. Estos senderos de duelo están llenos de recuerdos marcados en placas, testimonios del amor perdido, grabados en metal y mármol.

No obstante, la cruz más común, sencilla y austera, se alza con dignidad. En su placa, se inscriben con respeto los nombres de aquellos que, en su último viaje, se encontraron con un destino inesperado. Esta antigua tradición, arraigada en el tiempo, ha perdurado, una tradición que llevamos en el corazón, una forma de rendir homenaje a quienes partieron en el fragor de un accidente.

Esta introducción me trae a colación el recuerdo de una joven, forastera de tierras del norte, que vino a visitar nuestro país. Sus ojos, llenos de asombro, se posaban en las múltiples cruces que jalonaban nuestras carreteras. No solo se impresionó por la aparente inseguridad de nuestras vías, sino también por el profundo significado de esta costumbre arraigada. Preguntaba con curiosidad, con su acento gringo y su gramática entrecortada - ¿Que significar[71] cruces del camino? Yo le respondía – Son nuestro humilde tributo a aquellos que nos dejaron de manera abrupta, víctimas de un accidente. Su respuesta, serena pero repleta de tristeza, fue – ¡Qué triste!

En silencio, pensaba para mis adentros, "Triste es el olvido que se cierne sobre las carreteras del norte, donde la memoria de los seres queridos se diluye en la vorágine de la vida, donde la ley y el concreto dictan el curso de las existencias".

Hoy, desde mi hogar en Canadá, siento la extrañeza de una realidad que parece ajena a la esencia humana.

Aquí, los vínculos con los antepasados, con los ancestros, se desvanecen y la muerte se convierte en un trámite burocrático, donde, si no se opta por la cremación, el cuerpo se dona a la ciencia.

Un accidente en el camino y el país ofrece todos los servicios que la tecnología y la riqueza de una nación pueden brindar a sus ciudadanos, pero los recuerdos de los seres queridos desaparecen rápidamente en el tejido de la vida cotidiana.

---

[71] Debería usar el verbo significa, pero la persona de habla inglesa normalmente comete el error de terminar con r

- ¡Párate! ¡Y para a los niños que vamos a llegar tarde vale! – gritaba la esposa con un acento claramente maracucho[72].

- Ya voy, ¡chica!, deja el stress! Todo el tiempo la misma vaina. No puedes hacer algo sin gritar, sin formar peo. ¡Parece que naciste para joder! Yo no sé quién me mandó a casarme contigo, con tanta mujer disponible allí afuera – replicaba el esposo.

Esa era la dinámica del matrimonio de los Pérez. No se ponían de acuerdo en nada. Lo peor es que vivían peleando frente a los niños. La mujer, de temperamento irascible, tampoco tenía reparos en desahogarse en público. Sus gritos eran harto conocidos en el edificio y los vecinos ya acostumbrados a estas escenas se sonreían y pensaban, "ahí van otra vez estos locos".

No estaba claro si se odiaban, se amaban, si estaban aburridos del matrimonio porque, así como se gritaban también se contentaban de vez en cuando y se les veía abrazados de vez en cuando. Definitivamente tenían que estar fuera del patrón de lo que llamaríamos cordura. Hay personas que no tienen la madurez necesaria para formar pareja y viven sus vidas como perros y gatos y lo peor es que transfieren su inconformidad a la próxima generación porque no son capaces de mostrar sus

---

[72] Acento usado en la zona occidental de Venezuela.

diferencias en privado, sino que también las ventilas en frente de su progenie. Así eran Gloria y Raúl.

Sumado a ellos se encontraba una niña de siete años llamada Marina la cual era una preciosura con sus cabellos negros rizados y una cara de angelito. Ojos redondos y nariz muy fina y con un acento un tanto nasal, pero sin llegar a ser molesto pues le daban un toque de atractivo en su conjunto. Así también se encontraba Raulito, el niño menor de tres años que tenía la cabecita grande pero muy bonita pues sus facciones mediterráneas recordaban la familia española de la abuela materna.

Era diciembre y la esposa se preparaba para viajar con los niños a la ciudad de Valencia, donde se quedarían en casa de sus suegros. La idea era pasar las festividades con la familia de su esposo, ya que el año anterior habían pasado las fiestas con la familia de la esposa. A ella no le agradaba la idea de viajar sola, pero su orgullo le impedía insistir en que él la acompañara, y él no hacía el esfuerzo necesario para unirse al viaje y disfrutar de unos días de tranquilidad, lejos de las discusiones.

El esposo se conformó con darle una recomendación

- Gloria, ten cuidado. Recuerda que llevas a los niños contigo, y en esa autopista, siempre hay mucho loco.

A lo que la mujer respondió con un toque de acritud

- Si de verdad te importara, te unirías a nosotros en lugar de estar atrapado en ese trabajo insignificante que apenas te paga.

Los comentarios de la esposa herían al hombre, quien verdaderamente se esforzaba por mantener a la familia y cubrir todos los gastos. La forma en que lo menospreciaba resultaba absurda, ya que no cambiaría en nada los resultados del viaje.

Sin embargo, desde el asiento trasero, la niña intervino

- Papá, te estaremos esperando allá, - y el rostro del hombre se iluminó. Incluso lo entristeció, ya que sus hijos le brindaban la paz y la felicidad que el matrimonio no podía darle. Procedió a bendecir a los niños, un beso para cada cual y un beso de último momento a la esposa que lo aceptó a regañadientes.

El viaje comenzó a la hora prevista, a las 10 de la mañana. Calculando que podrían llegar a Valencia en unas dos horas, manteniendo un promedio de 100 kilómetros por hora, se suponía que deberían llegar al mediodía. Todo iba de maravilla, la radio AM emitía canciones de moda de la época, y el paisaje se desplegaba ante los ojos curiosos de los niños. Abandonaban los característicos terrenos montañosos de Caracas para adentrarse en los llanos centrales del estado Aragua. En esta región de Aragua, todavía se podían apreciar los vestigios de la cordillera central, que se abría en pequeños valles con tierras excepcionalmente fértiles. Desde la época de la colonia, estas tierras habían sido testigo de la tradicional siembra de caña de azúcar y la producción de ron, que alcanzaba niveles de reconocimiento internacional.

Se acercaban a una curva que marcaba la entrada a la recta que los conduciría a la ciudad de La Victoria. Para su infortunio, el automóvil perdió una llanta, que se despedazó de manera abrupta, desencadenando el caos mientras el conductor luchaba por mantener el control. Aquella curva traicionera, en pleno descenso, se convertiría en un trágico desfiladero para aquellos que desconocían la vía o caían en distracción. Los acontecimientos se desarrollaron con una vertiginosa rapidez. Las fuerzas inherentes a este tipo de accidente transformaron el escenario en un caos de movimientos erráticos. Objetos y pasajeros fueron arrojados en diversas direcciones, víctimas de la brusca alteración de la orientación del vehículo. Se precipitaron hacia arriba y abajo, de lado a lado, en una danza alocada en el interior del vehículo.

En aquella época, los cinturones de seguridad y sistemas de retención, como los airbags que hoy consideramos imprescindibles en un accidente de vuelco, eran rarezas. El bebé fue expulsado por la ventana trasera, quebrando el vidrio en su paso. La niña, por su parte, rebotó repetidas veces entre el techo del automóvil y el asiento trasero. Gloria, en un destino cruel, compartió un destino similar. Dado que no llevaba cinturón de seguridad, también fue arrojada fuera del vehículo, a través del parabrisas delantero. Luego, el carro la atrapó contra la abrupta ladera del pequeño cerro que se alzaba a la derecha de la carretera.

Las personas que circulaban por la misma vía se detuvieron para socorrer a los accidentados. Entre los presentes, un hombre, un perfecto desconocido, con sombrero de ala ancha que irradiaba serenidad y compasión, se acercó a la zona donde Gloria quedó atrapada, todavía con vida. Aunque su estado era devastador y la sangre brotaba de múltiples heridas, Gloria encontró la fuerza para pronunciar palabras entre el dolor insoportable:

- Mis bebés, mis bebés.

El sufrimiento de la mujer persistió durante otros treinta largos minutos. En repetidas ocasiones, sus labios susurraban la misma súplica mientras luchaba por incorporarse y buscar a sus hijos. Las voces distantes de un agente de policía, que ya había llegado al lugar, llegaban a sus oídos, aportando una angustia insondable a su condición.

-   Pobre niño, murió con el impacto en el pavimento, y la niña murió desnucada al golpear con el techo del carro. Esto es una auténtica tragedia, – murmuró el oficial.

Mientras tanto, el personal de tránsito procedía con meticulosidad. Llevaban a cabo el levantamiento y aseguraban el lugar del accidente, documentando cada detalle a través de una minuciosa serie de fotografías. Capturaron imágenes panorámicas que describían el escenario en el que se había desatado el drama. Marcadores numéricos, como constelaciones de testigos mudos, señalaban los puntos de interés y los rastros. Imágenes de primer plano revelaron con claridad los aspectos del vehículo y las víctimas. Números árabes identificaban los posibles eventos, proporcionando a los agentes de tránsito una representación gráfica de la tragedia.

- ¿Hora del accidente?, – inquirió el oficial.

- Aproximadamente las diez cuarenta de la mañana, – respondió su colega con imperturbable serenidad.

- ¿Cuántas personas involucradas?, – preguntó de nuevo el oficial.

- Una mujer adulta, de alrededor de treinta y cinco años, en estado crítico; una niña, de al menos ocho años, lamentablemente fallecida en el vehículo; y un infante de no más de cuatro años, expulsado del automóvil y víctima fatal, – recibió otra respuesta desprovista de toda emoción.

No obstante, entre los presentes, tanto hombres como mujeres, algunas lágrimas se deslizaron silenciosamente al contemplar la escena que se desarrollaba en medio de la carretera. Los últimos momentos de Gloria transcurrieron con el apoyo de aquellos que intentaban calmarla. El hombre que llegó primero se mantuvo a su lado, tomó su mano y le brindó palabras de consuelo hasta su último suspiro. - Dios te bendiga, hija, – le dijo la compasiva persona mientras la voz de Gloria se desvanecía. Sin embargo, sus labios no cesaban de repetir – Mis bebés, mis bebés, mis be...

La fatídica noticia llegó a Raúl mientras se encontraba en su oficina. Un oficial de la Defensa Civil fue el encargado de realizar la llamada, ya que su número figuraba como persona de contacto. La persona que brindó la información carecía de la delicadeza necesaria, y al principio, Raúl no lograba comprender lo que sucedía. Fue necesario que le repitieran varias veces los trágicos acontecimientos. Finalmente, dejó caer el teléfono y se derrumbó en el suelo, con el dolor más profundo que alguien pueda experimentar, murmurando con una mezcla de impotencia, rabia y tristeza:

- ¡Dios! ¿Porque me has hecho esto?

El proceso de identificación de los cuerpos resultó traumático. Raúl tuvo que dirigirse a la morgue de la ciudad de Maracay. No existe una morgue que sea agradable de visitar, pero la de Maracay intensifica la lúgubre naturaleza de estos lugares. Rejas negras mal mantenidas en una entrada atestada de personas que esperan con ansias la oportunidad de identificar a sus seres queridos. Individuos de todo tipo se congregan en el área, desde familiares de reclusos que necesitan reconocer a los fallecidos en la prisión cercana, hasta aquellos que recuperan a sus seres queridos que han fallecido de forma natural en las calles de la ciudad o en el mismo hospital, y lamentablemente, también aquellos que han perdido a sus seres queridos en accidentes de tránsito.

Raúl no estaba solo, pero solo se permitía la entrada de una persona cercana al proceso de identificación. Sus padres y los padres de Laura ya habían llegado al lugar, todos lloraban o estaban abrumados por la tragedia. La espera, combinada con el sofocante calor típico de esa ciudad, se asemejaba al infierno mismo. Los recuerdos, tanto los gratos como los desagradables, se entrelazaban en la mente de Raúl: los abrazos de sus hijos, el día en que nacieron, la comunión de la niña, cuando conoció a Laura, su esposa, la primera vez que hicieron el amor, las primeras peleas, los celos, la desconfianza, la rabia, las reconciliaciones, pero, sobre todo, el recuerdo de ese último día, la última maldita pelea y la lamentable decisión de dejar que partieran solos por esa carretera. Si tan solo la hubiera detenido o, al menos, hubiera conducido él mismo. Hubiera preferido incluso morir con ellos antes que continuar con vida.

Dentro de la morgue, el patólogo ya estaba llevando a cabo el procedimiento de rigor. Dado que las muertes habían ocurrido de forma violenta, era necesario realizar una autopsia. El médico realizó una incisión desde el cuello hasta el cartílago tiroides, descendiendo hasta la región suprapúbica, rodeando la cicatriz umbilical. La piel, los tejidos blandos, incluidos los músculos y las aponeurosis, así como los tejidos entre las costillas, fueron cuidadosamente cortados. En la cavidad abdominal, se incidió en el peritoneo parietal, permitiendo el acceso a la cavidad y la búsqueda de cualquier evidencia que pudiera arrojar luz sobre este trágico accidente.

El doctor recitaba sus palabras con una solemnidad particular:

"Cadáver femenino de 34 años de edad, de raza blanca, constitución delgada, con una estatura de un metro y sesenta y seis centímetros. Posee cabello largo, liso y negro, ojos pardos, y presenta rigidez cadavérica. En su cuerpo se encuentran las siguientes lesiones: traumatismos múltiples, con fracturas en varias extremidades inferiores y en el brazo derecho. La causa de la muerte se atribuye a heridas múltiples..."

El médico forense se mostraba como un individuo frío y meticuloso, cuyo trabajo no se veía afectado de ninguna manera por la visión de una familia destrozada por el destino. Tampoco era perturbado por la visión de los cuerpos de los niños en su forma más espantosa o por la figura de una mujer que había experimentado los minutos finales de dolor físico y espiritual más intenso. La historia detrás de estos cadáveres le resultaba irrelevante. Su única tarea consistía en recopilar datos de la manera más minuciosa posible para completar un formulario en nombre de la entidad pública para la que trabajaba.

Se podría decir que esta escena evoca el verso de José Martí[73] en su poema "Vino el médico amarillo", que reza:

"Vino el médico amarillo
A darme su medicina,
Con una mano cetrina
Y la otra mano al bolsillo"

---

[73] Jose Martí poeta cubano, del libro Versos Sencillos

Sí, los cuerpos de los fallecidos se habían convertido en una especie de marionetas, donde los órganos que ya no cumplían su milagrosa función se asemejaban a piezas de utilería en estos cuerpos sin vida. Su deformidad hacía que la piel se contrajera fácilmente, mientras el médico, actuando más como carnicero que como cirujano, procedía a remover a pedazos el organismo para cumplir su función de investigador frío y sumamente técnico. No debemos culpar a este profesional por su comportamiento, ya que su labor es fundamental y nadie más tiene el valor de desempeñar este trabajo que resulta sumamente útil para nuestra sociedad. Sin embargo, desde la perspectiva de un hombre común, esta actividad se torna ajena a la piedad y a la empatía.

Pasó el tiempo necesario para permitir la entrada de los familiares a reconocer los cuerpos. Raúl no estaba en condiciones de entrar solo, y a su padre le permitieron acompañarlo. La situación era extremadamente tensa. Las camillas metálicas sostenían los cuerpos de su familia, junto a los cuerpos de otras personas que esperaban ser reconocidos y reclamados. Todo ocurría en una habitación de color blanco, con luces de neón en un falso techo de yeso que se coloca después del concreto, manchas negras en los pisos y las patas de las camillas debido a la falta de higiene en el lugar. Y el olor, ¡qué olor! Era el olor de la muerte, de la descomposición, un compendio de imágenes y sensaciones que desestabilizaba a aquellos que nunca habían estado relacionados con el fenómeno del fallecimiento.

El padre de Raúl tomó a su hijo por el brazo, y cuando el funcionario le mostró el rostro de su difunta esposa y sus dos hijos, el hombre se derrumbó y lloró como un niño. Nuevamente, en un momento de absoluta desesperanza, susurró:

- ¡Dios! ¿Porque me has hecho esto?

Su padre y su suegro se hicieron cargo de los arreglos del velorio. Raúl permaneció como un zombi la mayor parte del tiempo, no debido a que le suministraron medicación o sedación, sino porque la vida había perdido todo sentido para él. No tenía idea de cuándo fue el velorio o cómo se desarrolló el entierro. Simplemente seguía el cortejo sin comprender mucho. Sus lágrimas brotaban de vez en cuando, y los recuerdos de las peleas con su esposa se entremezclaban con los abrazos de sus hijos en su corazón. Cada cierto instante, repetía con pesar:

- ¡Dios! ¿Por qué me has hecho esto?

La gente en el velorio se acercaba a la silla donde estaba sentado, ofreciendo consuelo y palabras de pésame. Raúl, solo y sin querer involucrarse en la escena, los observaba, pero no respondía a sus palabras ni consejos. Este proceso solo hacía más dolorosa su situación, ya que Raúl solo quería olvidar, despertar de esa pesadilla o simplemente dormir y escapar del inmenso dolor.

Sin embargo, incluso en su estado casi hipnótico, Raúl notó la presencia de un hombre desconocido parado frente a los ataúdes de su esposa e hijos. Era el mismo hombre con el sombrero de ala ancha que había estado presente en los últimos momentos de su esposa. Se acercó a Raúl con un saludo cortés y amable:

- Buenas noches, – dijo el hombre del sombrero.

Raúl, sorprendido por la presencia de un desconocido, respondió con un – Buenas noches.

El hombre tomó la mano de Raúl y continuó

- Vine a rendir homenaje a su esposa e hijos, ya que estuve presente durante los últimos momentos de su esposa en la carretera.

Raúl escuchó atentamente, su mente adormecida por la pena se despertó momentáneamente. ¿Por qué un extraño sentía la necesidad de honrar a su familia? No obstante, se conformó con responder en forma cortes

- Gracias por su presencia.

El hombre, sin darle oportunidad de continuar, agregó con amabilidad

- Sé que está pasando por una situación indescriptible. El dolor de la pérdida es inmenso, y en momentos como estos, enfrentamos la dolorosa realidad de la fragilidad de la vida. La pérdida de un ser querido nos recuerda lo efímera que puede ser nuestra existencia y nos invita a reflexionar sobre el verdadero valor de cada día. En medio de la tristeza que usted siente, también puede encontrar inspiración en la forma en que sus seres queridos vivieron sus vidas. Olvide los desencuentros y los malos momentos, y busque en su corazón los recuerdos de amor y las huellas que dejaron en su existencia, porque eso es un testimonio de cuán precioso es cada momento. No le pido que abrace la vida con gratitud, no le pido que no sienta dolor o rencor, pero le pido que busque al mismo tiempo la comprensión del perdón y de la fe en que su familia sigue allí con usted de una manera que no asoma una explicación material y que, sin embargo, es hermosa y más fuerte que la vida misma.

Sin esperar una respuesta, el hombre puso una mano en la frente de Raúl y le dijo:

- Dios te bendiga. Luego se retiró entre la multitud. Raúl lo observó, confundido, pero al mismo tiempo recobró su impasibilidad, sin darle demasiada importancia al encuentro con el desconocido.

El velorio llegó a su fin, seguido de la inhumación, la tierra cayendo sobre los ataúdes y el retorno al polvo. Aquella mujer hermosa y sus exquisitos niños se unieron al ciclo de la vida, destinados a convertirse en alimento para los seres de la tierra. Raúl observó en silencio durante toda la ceremonia y no quiso esperar más para estar solo con sus seres queridos. Sabía que ya no estaban allí, que todo había llegado a su fin.

El tiempo pasó, y Raúl comenzó lentamente a retomar su vida. Dejó de arreglarse para salir, vendió su propiedad y se mudó a un apartamento más pequeño y modesto. Se distanció de sus conocidos, se desvinculó de su trabajo, sus padres y suegros envejecieron y también partieron, y la vida finalmente lo marcó con las huellas del tiempo.

Es diciembre, y en una cama de un hospital público yace un anciano en un estado delirante y con un pronóstico reservado. Los médicos hacen todo lo posible para limitar su dolor, pero saben que le quedan apenas unas horas, si acaso. El anciano lucha por cada aliento, pero no le teme a la partida. Ha esperado años la liberación de la condena que la vida le impuso en un fatídico accidente en la carretera, un dolor que lo ha marcado profundamente. Su última frase:

- ¡Dios! ¿Por qué me has hecho esto?

Y con un último suspiro y una lágrima que rueda por su mejilla, su corazón se detiene.

Silencio, silencio, silencio.

En la encrucijada de la existencia humana se plantea la incógnita de si somos los arquitectos de nuestro destino o si, por el contrario, nuestras sendas ya están delineadas en las estrellas. ¿Podría Raúl, en un giro de los acontecimientos, haber alterado el curso de los eventos si hubiese detenido a su esposa por unos fugaces minutos o si él mismo hubiera empuñado el volante del destino? La respuesta yace en la nebulosa de lo desconocido. No obstante, cabe cuestionar si acaso no tendría el poder de tejer una narrativa distinta para su vida, incluso tras la tragedia que lo acechó.

Nos hemos acostumbrado, como seres humanos, a implorar la intervención milagrosa de fuerzas superiores que alivien nuestras penas y desentrañen los enredos de nuestras vidas. No obstante, la vida despliega su trama sin actos trascendentales que modifiquen las condiciones impuestas por el porvenir, a veces de manera despiadada. La vida, en ocasiones, se revela como una sinfonía hermosa, pero en la mayoría de los casos, se disfraza con el ropaje de lo terrible.

Solo puedo atestiguar que hay tres nuevas cruces, erigidas en el borde de la autopista Caracas – Valencia y que son el recuerdo más triste que tengo de mis viajes en familia hacia Tinaco. Esas cruces, impasibles testigos de la tragedia, se alzan como monumentos dolorosos en la travesía de la vida, recordándonos la fragilidad de nuestras existencias y la imprevisibilidad del destino.

Silencio, silencio, silencio. Uno, dos, tres, ……

¿El mal existe?

Cabimas, estado Zulia 2001

"Porque de tal manera amó Dios al mundo, que ha dado a su Hijo unigénito, para que todo aquel que en él cree, no se pierda, más tenga vida eterna"

Juan 3:16

El implacable sol del Zulia[74] no cedía ante propios ni extraños, castigando con intensidad el patio interno de la iglesia donde proseguiría el curso prematrimonial. Un banco de piedra acogía al novio, cuya mente se veía sumida en un torbellino de pensamientos, entretejidos con emociones encontradas.

El patio, salpicado de cerezos que ofrecían algo de sombra y serenidad, se cruzaba con pavimentos que conectaban el área administrativa con la iglesia, ambas edificaciones yacían en paralelo. El prometido, ataviado con blue jean azul oscuro, franela gris claro y mocasines del mismo tono, se erigía como testigo de meses difíciles. La relación con su prometida había enfrentado vientos adversos, sumiéndolo en un estado de intranquilidad, zozobra e inseguridad. Pero ahí estaban, unidos por designios providenciales o, quizás, por su propia

---

[74] Estado occidental venezolano

terquedad que se resistía a aceptar un no en esta vida.

Deteniéndose a observar detalladamente los vitrales, el novio se detuvo en uno que representaba al arcángel Miguel, enfundado en armadura de general romano, sometiendo al demonio con una lanza. La imagen del ángel venciendo al demonio siempre le había impactado; la victoria del bien sobre el mal, de Dios sobre Lucifer, era un axioma en su mente. Miguel, la mano derecha de Dios, la espada divina que castiga el mal, recordaba el prometido.

"Finalmente, completaremos este tema del matrimonio...", reflexionaba. "Todo ha sido tan difícil. Tantas esperas y retrasos, y este curso que resulta un tanto cansón", continuaba en sus divagaciones. "Son la 1:45 pm y el cura aún no ha llegado".

A pesar del intenso calor, el patio interno de la parroquia ofrecía refugio, con el aroma de las hojas de los cerezos y una brisa suave que reconfortaba al prometido. La luz solar se filtraba de manera suave, creando una atmósfera más apacible en el lugar.

De repente, la paz se vio interrumpida por rugidos y alborotos. Un grupo de personas jóvenes y una señora conducían a una muchacha desorientada, abrumada, como un borrego arrastrado. Observando desde una distancia prudencial, el novio se preguntaba qué ocurría con el grupo. Uno de los presentes entró a las oficinas del área administrativa y salió con un sacerdote joven que llevaba consigo un librito, posiblemente material religioso, una Biblia quizás, además de un rosario y un frasquito. Una conversación se desató, el cura interrogaba a la muchacha en ese estado desorientado, pero la distancia impedía que las palabras fueran audibles para el testigo que observaba desde lejos. Luego, el padre roció a la chica con un líquido en la cabeza, y esta perdió por completo el control. Los presentes luchaban por contenerla mientras el sacerdote leía el libro hacia el grupo. El instinto del testigo le sugería tomar distancia de aquel evento. No quería arruinar lo que había costado llegar hasta ahí por asuntos que no eran de su incumbencia.

Cambiando de rumbo, se encaminó hacia la iglesia para continuar con el curso prematrimonial. Ya se encontraba otro sacerdote con el resto de la gente, y su novia lo esperaba en uno de los bancos de la iglesia. Guardó silencio sobre lo que había presenciado, incluso lo eliminó de su mente para sumergirse por completo en el tema que lo había llevado a ese lugar. Lo que sucedía afuera era otra historia, pero no era la suya.

Al concluir la sesión de ese día, el novio solicitó a su novia que lo esperara en el carro, ya que tenía intenciones de abordar un tema con el sacerdote. La joven obedeció sin darle mucha relevancia al asunto y se encaminó hacia el vehículo.

El prometido, por su parte, se dirigió al área administrativa en busca del sacerdote del episodio anterior. Aunque no logró encontrarlo, percibió la presencia de uno de los presentes en el evento, un joven moreno de aspecto un tanto infantil. A partir de ahora, nos referiremos al novio con el seudónimo "Señor José".

- Buenas amigo – expresó José en tono calmado.

- Buenas – respondió el joven, a quien llamaremos Pedro, el monaguillo que colaboraba en la parroquia. Un joven amable, aunque propenso a hablar en exceso, detalle que José aprovecharía muy bien.

- Hoy, alrededor de las 2 de la tarde, presencié una situación con una muchacha que traían en brazos, y hubo un encuentro con un sacerdote. ¿Podrías decirme de qué se trataba todo esto, cuál era el problema de la chica? - continuó José con una pregunta directa. Pedro no titubeó al exponer los detalles y respondió sin rodeos.

- Ahhh, usted está hablando de la endemoniada. La familia la trajo porque, según dicen, un demonio se apoderó de su cuerpo, y ni los médicos pueden hacer algo por ella. Pensé que era un "toque técnico"[75], pero cuando el cura se acercó y la roció con agua bendita, la cosa se puso fea.

Pedro, un hombre de pueblo, honesto en su manera de hablar, no se anduvo con rodeos y compartió todo lo sucedido esa tarde. También informó a José que el cura no pudo hacer mucho por la muchacha y les pidió que la trajeran al día siguiente a la misma hora para un ensalmamiento. "Ensalmamiento" era un término local que a veces se utilizaba para describir los trabajos realizados por brujos o santeros en términos de curación espiritual.

Quedó claro que el sacerdote planeaba llevar a cabo un exorcismo, y esta vez, la curiosidad de José superó la precaución. José encontró la oportunidad de escaparse al día siguiente y se presentó en la iglesia una hora antes del evento. Se encontró con el cura, de nombre Rubén, y le expuso que estaba al tanto de los eventos del día anterior. Su intención era escribir una novela que reflejara el proceso del exorcismo, alejado de las exageraciones cinematográficas. El padre Rubén, asignado para colaborar con el padre Joaquín, encargado del curso matrimonial de José, escuchó atentamente.

Al anciano padre Joaquín, ya se le veía el peso de los años sobre sus hombros, las autoridades eclesiásticas vislumbraban la inevitable sucesión de

---

[75] Toque técnico en el argot venezolano significa locura

su labor pastoral, un testigo de la transición que se avecinaba con el ascenso de Rubén. No obstante, con el tiempo, José descubrió que la relación entre estos dos individuos estaba impregnada de cierta tensión, un conflicto que se revelaba en la percepción del padre Joaquín, quien veía a Rubén como un ser demasiado moderno para su gusto, alejándose de la tradición que él tanto apreciaba. Filosofía y psicología inundaban las estanterías de Rubén, relegando a un segundo plano la teología. Su actitud, más afín a la despreocupación juvenil que a la disciplina sacerdotal. Pero en la mente de José, ambos hombres desempeñaban sus funciones

No se comprende del todo por qué el padre Rubén aceptó la presencia de José en el exorcismo. Quizás, el sacerdote necesitaba un testigo imparcial que certificara la ejecución del rito sin menoscabar la salud de la persona. José nunca llegó a conocer la razón exacta, pero el sacerdote estableció la condición de no perturbar a los presentes ni dirigirse a la afectada. El demonio, astuto en el uso de la palabra, no debía encontrar eco en su discurso.

- El exorcista cumplirá su tarea, - expresó el sacerdote. Ante los intentos del diablo por entablar diálogo, solo expondrían lo escrito en los evangelios y lo presente en el ritual.

Con honestidad absoluta, añadió: - No soy un sacerdote entrenado en las dificultades del ritual del exorcismo; mi formación es más bien en psicología. Sin embargo, el arzobispo me ha encomendado la misión de ayudar a esta muchacha, y me fundamentaré en mi fe para hacer lo mejor posible en nombre de Dios nuestro señor. Eso sí, el padre Rubén había desarrollado varios ensayos en la universidad sobre la influencia de la magia negra y el esoterismo en la cultura occidental y fue seleccionado, quizás, por ese único componente que tomó en cuenta el arzobispado. Además, poseía las condiciones físicas que el padre Joaquín ya no ostentaba.

Pero el temor se había apoderado del corazón del padre, no solo frente a las fuerzas sobrenaturales sino también ante la incertidumbre de no estar a la altura de auxiliar a la joven. Aunque dedicó su vida al servicio de los demás, su visión del servicio religioso estaba arraigada en el trabajo de campo, la lucha contra la ignorancia y la superstición, más que en los ritos arcaicos. La ejecución de un exorcismo contradecía sus creencias, considerándolo un rito anticuado. Aunque inicialmente Joaquín se ofreció para realizarlo, aceptó obedientemente la decisión del obispo, al igual que Rubén aceptó su designación.

La disciplina de la Iglesia católica, sustentada en la obediencia, esa actitud que siempre ha impresionado a propios y extraños. Una organización que perdura a lo largo de la historia, incluso más que el imperio romano, gracias a esa disciplina basada en la obediencia.

Exorcismo, primera sesión

Era un viernes cargado de tensión espiritual cuando Cristina, la afectada, hizo su entrada al recinto con un semblante sereno. Acompañada por su madre, su hermano y el monaguillo Pedro, la ausencia del padre se hizo notoria, los había abandonado cuando Cristina y su hermano eran apenas unos niños. Una realidad tristemente común en las clases desfavorecidas de Venezuela, donde la adversidad se anida con frecuencia en los hogares más humildes. El grupo se completaba con la presencia silenciosa de José, testigo de aquella jornada singular.

El sacerdote, consciente de la solemnidad del momento, les indicó que ingresaran al área administrativa, porque según lo que se conoce, un exorcismo nunca se realiza dentro del templo. José desde una posición apartada, observaba la escena, captando la atmósfera cargada de expectación y misterio. Las puertas se cerraron, marcando el inicio del ritual, y el sacerdote, con dedicación meticulosa, se preparó para el desafío que aguardaba.

El padre Rubén, asumiendo la responsabilidad del exorcismo, se acercó a Cristina con respeto. La consulta sobre su estado de ánimo reveló una respuesta calmada, una calma que ocultaba, sin duda, las turbulencias internas que la afligían. Con delicadeza, el sacerdote la invitó a sentarse en una silla, cubriéndola con un fajín clerical de color púrpura que rodeaba su cuello. En su mano izquierda, depositó un crucifijo como símbolo de protección divina.

El inicio del rito se materializó con la santificación de todos los presentes mediante agua bendita. La solemnidad se intensificaba a medida que el padre Rubén dirigía la oración colectiva, solicitando a cada uno rezar un Padre Nuestro en unidad. Sus manos, portadoras de la autoridad espiritual, se posaron en las frentes de los presentes, repitiendo con devoción las palabras sagradas que buscaban desterrar las sombras que acechaban en el alma de la joven.

La escena, envuelta en la liturgia ancestral, resonaba con la fuerza de la fe y la lucha contra las fuerzas oscuras. Aunque José se mantenía a distancia, la trascendencia del momento se apoderaba de él, recordándole la fragilidad y la resistencia que se entrelazan en los rituales que desafían lo inexplicable.

El padre exponía con mucha seriedad:

- Padre Pío,

- Padre Cándido

- Espíritu Santo

- Santifica a esta vuestra hija Cristina que ha venido para mostrar su intención de alejarse de las fuerzas del mal y regresar al seno de la santa iglesia católica.

- Danos el poder para luchar contra el mal

El sacerdote, perseverante en su tarea, continuaba con el ritual, los minutos avanzaban, y la escena mantenía una aparente normalidad. Todos seguían al pie de la letra los rezos, incluida Cristina, quien ejecutaba el procedimiento con meticulosidad. Sin embargo, para José, este trance espiritual resultaba tedioso y estéril. Su falta de inclinación hacia la oración y su escasa disciplina para cumplir con el encierro en aquel espacio administrativo colmaban su paciencia. El morbo de José se veía estafado.

Desentendiéndose momentáneamente de los rezos que persistían como un murmullo de fondo, José se levantó de su asiento asignado. Sus ojos recorrieron la estancia, deteniéndose en un escritorio, algunos libros religiosos y cuadros devocionales que adornaban las paredes.

La repetición monótona de los rituales se diluía en su atención. Incluso, en un descuido, tropezó con una silla, interrumpiendo brevemente la ceremonia, y se disculpó apenado.

En su interior, José reflexionaba sobre las palabras del padre Rubén. La obsolescencia del exorcismo resonaba en su mente, planteándose la posibilidad de recurrir a la ayuda de un psiquiatra. No obstante, su atención se desvió hacia Cristina cuando notó un extraño tic en su vista, un parpadeo desigual del ojo izquierdo. Aunque al principio no le prestó mucha importancia, con el tiempo se hizo evidente que algo más estaba ocurriendo.

La afectada, gradualmente, comenzó a perder el control, sumergiéndose en un trance singular. Sus ojos se cerraron, y su cabeza se mecía de atrás hacia adelante en una cadencia que recordaba a los movimientos serenos de un monje tibetano alcanzando el nirvana. Los rezos del sacerdote y los presentes se entrelazaban en un coro ritual, pero de vez en cuando, la joven irrumpía con alaridos que emanaban de una voz interna, un tono distante y desgarrador, alejado de lo que debería ser la voz típica de una joven.

La escena escalofriante capturó a José de tal manera que lo dejó momentáneamente paralizado. Sin embargo, reaccionó rápidamente, volviendo a su asiento y sumándose a los rezos de los presentes. El hermano de Cristina desempeñaba un papel crucial, actuando como soporte físico para evitar que la joven se lastimara a sí misma o intentara agredir a quienes se encontraban en la habitación. Además, protegía al sacerdote de cualquier posible acción violenta por parte de su hermana, ya que era evidente que intentaba atacarlo en ocasiones. José, aunque no podía afirmar con certeza que se enfrentaba a una presencia demoníaca, percibía que la niña que había entrado hacía un rato ya no era la misma que tenía ante sus ojos.

La danza frenética de Cristina cesó de repente, revelando un cambio radical en su expresión. En este momento crítico, el sacerdote cometió un error fundamental, contradiciendo su propio consejo de no entrar en diálogo con la afectada. La muchacha, de manera abrupta, transformó su semblante, exhibiendo una mezcla de tristeza, miedo e incertidumbre en su rostro. Giró ligeramente la cabeza hacia la derecha, como si mirara hacia la nada, encogió los hombros y entrelazó las manos sobre sus piernas. El cambio fue tan drástico que el sacerdote, claramente afectado, detuvo sus rezos, y la madre estalló en sollozos.

Con la solemnidad que caracteriza a los momentos cruciales, el sacerdote comenzó a interrogar a Cristina para asegurarse de que su salud permitiera continuar el rito. El tono abatido de la joven resonaba en la habitación, generando compasión en José. A continuación, se presentan extractos del diálogo entre el sacerdote y la afectada, arrojando luz sobre el perturbador desarrollo de los acontecimientos.

-¿Como te estas sintiendo? - sacerdote

- Bien – Cristina

- ¿Hace cuanto estás aquí? – sacerdote

- No sé, no tengo idea – Cristina

- ¿Qué te trajo aquí? – sacerdote

- Eso es difícil de responder – cristina

- ¿Puedes darme alguna idea? – sacerdote

Los ojos de cristina se movieron de arriba hacia debajo y de derecha a izquierda como buscando la mejor respuesta, pero su rostro mostraba desconocimiento total de la situación

- De momento no puedo – Cristina

- ¿De quién fue la idea de que vinieras? – sacerdote

- Mi madre – Cristina

- ¿Y qué sucedió para que hayas venido hoy a la iglesia? – sacerdote

Nuevamente Cristina movió sus ojos como buscando respuesta

- Mi madre pensó que esta era la mejor situación para mi – Cristina

- ¿Te dijo por qué? – sacerdote

Unos segundos de silencias, duda en su rostro y luego respondió

- Nadie realmente me ha dicho por qué – Cristina

- ¿Tienes tu alguna idea de porque estás aquí? – sacerdote

- Si, no soy como las demás personas – Cristina

- ¿A qué te refieres? – sacerdote

En este momento el sacerdote había olvidado los pasos del ritual y se había conectado en un dialogo directo con la afectada. Cristina continuó con su respuesta

- A las personas les desagrado porque…, soy diferente – Cristina

- ¿En qué forma eres distinta? – sacerdote

- Trato de hacer con mi vida algo que poca gente trata de hacer. Esto influye en mis pensamientos … y como consecuencia en mis acciones – Cristina

- ¿Qué tratas de hacer con tu vida? – sacerdote

- Contar historias para las personas – Cristina

- ¿No entiendo… como puede ser que contar historias para la gente… te ha traído aquí a la iglesia? – sacerdote

Sus ojos nuevamente se movían, pero su cuerpo en un estado totalmente inmóvil

- Cuanto narro historias expreso mis ideas de una manera distinta a la esperada… y esto causa molestia para los demás – Cristina

- ¿Les molestas porque te expresas de manera distinta? – sacerdote

- Si – Cristina

En ese lapso, Cristina procedió a levantarse, se dio la vuelta y caminó hacia la pared. Permaneció unos segundos en un estado inerte, como si estuviera ajena al entorno, y luego regresó a la silla, adoptando la misma posición anterior. Este peculiar comportamiento se repetiría de tanto en tanto durante el diálogo entre el sacerdote y la muchacha, creando una atmósfera inquietante en la habitación.

Otra condición peculiar mostrada por Cristina, que podría describir como incómoda y triste, era que, mientras hablaba con el sacerdote, sus ojos se movían de arriba abajo y de derecha a izquierda, pero su cuerpo permanecía inmóvil. Este extraño contraste continuaba marcando la entrevista, generando una sensación de desconcierto en quienes presenciaban la escena.

Así continuaba el diálogo hasta que, de manera súbita, Cristina detuvo sus respuestas y comenzó a recitar una canción. La melodía, impregnada de tristeza, llenó la habitación, sumiendo a los presentes en una atmósfera cargada de emociones. La voz de Cristina, en ese momento, parecía transportarse a un lugar distinto, llevando consigo la pesadez de sus experiencias y el peso de las emociones no expresadas.

Mira mi bien

Con la promesa absurda del sur

Mi corazón embrujado por ti

Con la tristeza de Dios

Vuelvo al placard

Para esconderme de todos y de ti

Para apartarme del pútrido mal

Que me propongo al sentir

Besos al azar

Con la entrevista del médico gris

Con las respuestas ajenas de son

Con la tristeza sin fin

Todos los presentes se quedaron boquiabiertos y la situación se hacía tensa, lúgubre, extraña. El sacerdote entonces retomó la entrevista:

- Cristina... – expuso el sacerdote. ¿De qué manera cuentas tus historias para que la gente se moleste?

- No puedo describir en detalle la manera como recito mis ideas, ya sea mis posturas de orador o mi mensaje – Cristina

- Como sabes que les desagradas – sacerdote. Se hace una pausa larga y la muchacha responde

- Mi madre se molesta y también los doctores debido a la forma en que me veo. La manera como me alejo de la gente cuando hablo con ellos y el hecho que me coloco frente a las paredes de tanto en tanto sin razón alguna antes de retomar mi discurso – Cristina

- ¿Puedes dar más detalles? – sacerdote

- Esto se vuelve demasiado complicado para describir. – Cristina

- No hay nada en este universo que no pueda buscársele una respuesta – sacerdote

Cristina mostró una sonrisa macabra y replicó

- ¿De cuál de los universos estamos hablando? – Cristina

- No sé, dime tu cual de todos – sacerdote

- Sería muy difícil explicárselo – Cristina

- ¿Entonces, tú crees que no deberías estar aquí? – sacerdote

- En el momento que exprese mi opinión con respecto al hecho que no debo estar aquí, los seres a los cuales no les agrado buscarán un logar peor para mi – Cristina

- ¿Puedes explicar mejor ese punto? – sacerdote. Se hizo otra pausa larga

- ¡No! - Cristina

- ¿Pero entonces porque crees que estas en la iglesia? – sacerdote

- Porque estoy haciendo con mi vida cosas que otros no intentan hacer y estoy porque mi madre pensó que este es el lugar donde yo puedo cambiar – Cristina

En ese momento Cristina, cambió nuevamente su comportamiento a una actitud violenta por lo que su hermano y José tuvieron que sostenerla mientras ella gritaba palabras ofensivas, maldiciones y amenazas en contra de todos.

El sacerdote retomó la compostura y se ciñó
nuevamente al formato del ritual y recitó el pasaje
de la biblia expuesto en el salmo 23:4

Aun si voy por valles tenebrosos,
no temo peligro alguno
porque tú estás a mi lado;
tu vara de pastor me reconforta
Cristina lo veía con una sonrisa abyecta y luego
repitió

Etiam si ambulavero in valle mortis,
non timebo malum,
quoniam tu mecum es;
virga tua et baculus tuus,
ipsa me consolata sunt

Para José, las palabras pronunciadas por Cristina
eran una sucesión ininteligible que se asemejaba al
latín, pero desconocía su significado. No obstante,
la expresión extrema en el rostro del sacerdote
reveló la profundidad de la experiencia.

El proceso continuó durante treinta minutos más,
hasta que el sacerdote consideró oportuno detenerlo
para permitir que Cristina descansara. Se reanudaría
la semana siguiente, siguiendo el dicho de "total un
árbol no se tumba de un solo hachazo".

Concluida la liturgia, la niña recuperó la cordura, y
el sacerdote se tomó su tiempo para revisarla y

asegurarse de que su estado fuera el adecuado. También dedicó unos minutos a consolar y dar esperanza a la madre. La familia abandonó la iglesia, y el sacerdote, visiblemente agotado, se sentó en uno de los bancos. Colocó su rostro entre las manos mientras José lo observaba con confusión, indeciso sobre si interrumpirlo o retirarse sin despedirse.

De repente, el sacerdote expresó:

- Soy un hombre de fe, mi vida se la he dedicado a la iglesia y de joven siempre tuve un sincero deseo de ayudar a la gente por medio de la palabra de Dios. La vida, sin embargo, me ha mostrado que los hombres son capaces de concebir las peores acciones que podamos imaginar. Allí está esa niña junto con su familia, están sufriendo y no estoy seguro si soy la persona adecuada para poder ayudarlos. Mi fe se enfrenta con mi formación de psicólogo. Mi voluntad se ve sobrepasada por el peso de las angustias de esta familia y las otras personas que vienen a la parroquia a buscar ayuda de todo tipo.

Luego continuó,

- El esposo que sufre por la infidelidad de su mujer y ve cómo su familia se viene a pique, la madre que pide un milagro para que Dios salve a su niño enfermo de cáncer, el anciano que vive solo porque fue abandonado por su familia, el drogadicto que está atado a esa terrible condena que son las drogas y a todo esto la violencia propia de nuestras calles donde la vida no vale nada y se intercambia por un par de zapatos.

Era como si el sacerdote, agotado hasta la médula, estuviera desgranando un soliloquio de dudas y angustias ante José. ¿Por qué a él? ¿Quién era este forastero para recibir el peso de sus confidencias? Posiblemente, sumido en la fatiga, encontró en José un confidente inusual, alguien con quien compartir sus incertidumbres sin el temor al juicio, o al menos, a quien le era indiferente.

José, intentando inyectar ánimo en la penumbra del sacerdote, le espetó:

- No puedo siquiera imaginar la penuria de su labor, pero al menos usted trata de hacer algo. La mayoría de las personas que conozco ignoran el sufrimiento ajeno. Sé que podrá ayudar a esa niña a liberarse de ese trance.

El sacerdote giró su semblante hacia José, esbozando una sonrisa desoladora antes de añadir:

- Ese es el quid. No tengo la certeza de cómo diagnosticar su situación. Por un lado, exhibe los síntomas inequívocos de alguien marcado por algún tipo de trauma; ahí radica mi quiebre con la norma ritualista al iniciar el interrogatorio sobre su estado. Las conclusiones médicas de sus familiares no me persuaden. Pero, por otro lado, esa voz, ese tono oscilante entre lo grave y el chirriante. Y más aún, cuando recité el salmo 23:4, ella lo repitió en latín eclesiástico, el lenguaje que surgió en los albores del declive del imperio romano. Nunca fui un erudito en mis clases de latín durante mi paso por el seminario, pero sé distinguir cuando alguien me habla en esa lengua. Para que tengas idea, el latín eclesiástico es aquel que se dio a partir de los años 300 después de cristo cuando el imperio romano estaba en su decadencia. Era el latín del vulgo y no se refiere al latín clásico hablado por los romanos en la época de Cesar o Cicerón. ¿Cómo puede una joven, carente de una educación refinada, conocer un idioma tan ajeno a la vida cotidiana como el latín eclesiástico?

Ante el último planteamiento, José se vio sumido en el silencio, sin respuestas. El sacerdote, recobrando la compostura, lo convidó a descansar en su hogar, sugiriendo que, si persistía en su interés por la investigación, era bienvenido a la próxima sesión.

El antropólogo

José no podía desterrar de su mente la experiencia vivida el viernes y, en la casa de su novia, compartió el incidente con una amiga en común llamada Clara. Esta joven lo escuchó con paciencia y al concluir su relato le sugirió: "¿Por qué no hablas con un amigo mío que es profesor de antropología en la Universidad del Zulia?"

- Pero... ¿cómo hago para contactarlo y, además, qué relación tendría este señor con lo que te he comentado? – preguntó José.

- Porque yo vi su clase como una electiva, y había un curso en donde él exponía en detalle las creencias que tenían las tribus indígenas venezolanas en el mundo de lo sobrenatural. Él es un hombre muy letrado y podría darte alguna idea a ti y tal vez agregar algo a estas sesiones exotéricas - concluyó su exposición con cierta risa sarcástica.

- Él tiene clase los lunes a las 10 de la mañana en la Facultad de Ciencias Sociales - agregó.

Llegó el lunes y José se dirigió a la universidad para encontrar al profesor. Estuvo rondando la institución hasta que dio con el salón donde el profesor impartía su clase. José entró como perro por su casa y se sentó en los asientos más lejanos para escuchar parte de la clase y conocer de antemano al personaje. Nadie le hizo caso, ya que los alumnos tomaban notas o escuchaban con atención al profesor, y el profesor estaba enfocado en su discurso.

"Hay una rama de la antropología que aborda una pregunta que podría parecer muy simple y es el hecho de por qué los seres humanos tienen creencias religiosas, pero no lo es...", exponía el profesor y añadía a su discurso, "esta pregunta puede abordarse desde muchos puntos de vista, pero según algunos estudiosos deberíamos fijarnos en los lenguajes que dichas religiones utilizan para emitir sus ideas. La religión es un fenómeno universal y todas ellas utilizan un tipo de lenguaje simbólico. En dicho lenguaje se entiende que para referirse al concepto de religión se tiene que exponer el mundo de lo sobrenatural, un mundo muy distinto al que vivimos hoy en día, donde existen dioses y espíritus, y se expone el concepto del bien y el mal, pues toda religión tiene una carga de moralidad en su doctrina. Una versión muy conocida es la figura de Dios y el demonio, que se exponen tanto en la religión cristiana como en la religión musulmana. Creamos o no en su existencia, es algo que, como antropólogos, no podemos abordar, sino que estudiamos su evolución histórica con su riqueza cultural." Dicho esto, tomó una pausa, miró su reloj y agregó. "Bueno, señores..., ya es casi la hora. Por favor, estudien el capítulo de la evolución religiosa en el antiguo Egipto, pues, tenemos examen en la próxima clase." Habiendo dicho esto, se escucharon algunos estudiantes rezongando y otros riendo, pero en general, parecía que todos habían disfrutado mucho la clase.

Esperó pacientemente a que saliera del salón antes de acercarse, y luego le hizo la siguiente petición:

- Profesor, ¿me concede un minuto? — preguntó José con cierta timidez.

- Claro, por supuesto. ¿En qué puedo ayudarte? — respondió el letrado, con un gesto amable.

- Mi nombre es José Salgado. Mi amiga Clara me mencionó su nombre, y tengo algunas preguntas que no estoy seguro de si usted pueda responder.

- Clara Astor, la cabimera76, ¿verdad? — indagó el catedrático con interés.

- Exacto —confirmó José, sin saber qué esperar

- Ah, bien. Si Clara te ha referido, definitivamente tengo un minuto. Pero vámonos a mi oficina; allí podré escuchar mejor tus preguntas. Te advierto, es un cuarto de apenas 3 metros cuadrados, bastante desordenado, ya sabes, lo máximo que un profesor venezolano puede tener, junto a los magros salarios.

---

[76] Oriunda de la ciudad de Cabimas, Venezuela

Pero con toda la pasión por la enseñanza. —sonrió, encogiéndose de hombros, y se dirigieron hacia la oficina.

Al llegar, José pudo constatar la estrechez del lugar: una mesita en el centro con dos sillas, abarrotada de libros desordenados; un estante detrás de la mesa repleto de más libros, y otro a la izquierda, con figuras y bajorrelieves que hacían referencia a diversas deidades. Se acomodaron, y el profesor, con amabilidad, le indicó que comenzara con sus preguntas.

- No sé por dónde empezar. —confesó José.

- Yo diría que por el principio. —respondió en tono bromista el letrado.

- Bueno, resulta que el viernes pasado estuve en la iglesia de San Juan Bautista en Cabimas y fui testigo de un exorcismo a una muchacha.

El profesor, con asombro, agregó:

- Tal vez has llegado al lugar equivocado. Mi especialidad es la antropología. Sin embargo, conozco a buenos psiquiatras que podrían ayudar a esa persona. —comentó en un tono más jocoso que molesto.

- Sé que esto puede sonar absurdo, y la verdad no entiendo por qué Clara me sugirió hablar contigo. Entiendo que usted es un hombre de ciencia y estas cosas podrían parecerle charlatanería, pero estoy intentando entender lo que vi y lo que podría venir. También quiero agregar que la familia ha consultado a varios psicólogos y psiquiatras, y ninguno les ha dado una respuesta coherente.

El profesor, con seriedad, suspiró y luego argumentó:

- No diría charlatanería. Te explico, como antropólogo, me dedico a estudiar las expresiones culturales de los pueblos, y mi especialidad se centra en el aspecto religioso. La religión fue un proceso evolutivo en los seres humanos. Antes de la religión, nuestra condición como especie no difería mucho de la de un tigre o un caballo. Comíamos, bebíamos, nos reproducíamos y, en algún momento, cuando el ser humano moría, hasta allí llegaba nuestro propósito en el universo. La religión surgió como una manera de darle sentido a nuestras vidas. Aquellos que la crearon debieron poseer una capacidad de abstracción extraordinaria para imaginar todo el proceso después de la muerte y todos esos seres que controlaban ese universo. De hecho, el arte y la ciencia tal como los conocemos hoy no hubieran sido posibles sin el camino previamente abierto por la religión.

José escuchaba con atención y reflexionaba para sus adentros; "...no sé si me ayudará a entender este fenómeno, pero realmente este hombre tiene calidad para la enseñanza."

El profesor continuó su exposición:

- Hoy manejamos conceptos familiares como libertad, voluntad, inteligencia, amor, odio; todas esas palabras tienen un proceso y suponen un conocimiento de la interioridad del ser humano. Pero todo esto ha sido un proceso meticuloso de siglos, un análisis de filósofos y pensadores. Todo comenzó cuando algún hombre, que vivía en la foresta, se detuvo a pensar que la vida debía tener un significado mayor. No veo antagonismo entre la obra del filósofo alemán Max Scheler, "El Lugar del Hombre en el Cosmos," y la primera visión de ese hombre de la foresta. Si bien Scheler intentaba ubicar un significado del hombre en el universo usando los conocimientos científicos del siglo XX, aquel hombre de la foresta también intentaba lo mismo, pero basándose en su intuición.

José, meditativo, interrumpió el discurso con la siguiente pregunta:

- Pero entonces, ¿cómo analiza usted el proceso del exorcismo? ¿Dónde quedaría este ritual? ¿Es real o es un proceso imaginario o enfermedad mental?

- Depende de lo que usted entienda como real o imaginario —expuso el profesor—. Por ejemplo, para un físico que se especializa en física cuántica, la realidad tiene muchas aristas. Comprenden perfectamente que una partícula puede existir simultáneamente en diferentes lugares. Nuestros organismos están compuestos de millones de partículas, por lo que una primera conclusión podría ser que usted y yo y todo lo demás existimos al mismo tiempo en diferentes universos. Pero eso no es lo que nuestro cerebro capta ni experimenta. Usted está allí sentado y, para mí, no es posible que exista en otro lugar en este mismo instante. Para mí, eso sería solo la imaginación de un afecto a la ciencia ficción, y no solo es mi primigenio punto de vista, sino que un hombre como Albert Einstein negaba rotundamente las teorías de la física cuántica. No obstante, hoy en día es cada vez más claro que los físicos cuánticos estaban en lo cierto y el comportamiento del universo es más extraño de lo que nuestro cerebro puede entender.

José observó al profesor, se tomó su tiempo y respondió a su postura con esta propuesta:

- Pero usted está exponiendo como ejemplo una postura científica, y el exorcismo se refiere a la existencia de entidades sobrenaturales, Dios, el diablo o los demonios, o lo que sea.

- Justamente, José. Como te dije, hoy en día sabemos que el universo es tan extraño y complejo que, aunque no podemos afirmar la existencia de ciertos fenómenos, tampoco tenemos pruebas para negarlos. Esa es la función y el deber de los hombres de estudio. —añadió el profesor.

- ¿Usted cree en Dios? —preguntó José.

- En cuanto a si creo en Dios, puedo decirte que sí, pero mi visión se basa en la fe y no en el conocimiento. Quiero que tengas una percepción más clara de mi persona o, por lo menos, de mi formación académica. También tengo un pregrado en matemáticas puras, el cual cursé cuando era muy joven, antes de enamorarme de la antropología. Debo decirte, basándome en mi conocimiento como matemático y según lo que la ciencia predice, el universo tendrá un tiempo de duración de 8 trillones de trillones de trillones de trillones de trillones de trillones de trillones de trillones de trillones de años. Una cifra que pocas computadoras hoy en día pueden manejar. En ese universo, en su último estado de vida, quedará un último agujero negro que, irremediablemente, tendrá que expulsar la última porción de materia contenida en su interior. Es en ese momento que el universo que creemos conocer llegará a su fin, pues no habrá más entropía y con ella, el concepto de tiempo desaparecerá. Cada ley de la física que conocemos y que se conocerá no tendrá más sentido. Y es ahí donde cada guerra, cada maldad, cada ambición, cada pasión, dolor, tristeza, rabia, idea, religión, ideología, de todas las formas de vida inteligente que puedan desarrollarse en ese tiempo, dejarán de tener importancia. Pero es en ese momento donde el concepto de Dios tendrá relevancia en el dulce poder de la fe. La fe supera el compendio de todo el conocimiento acumulado y por acumular, ya que se basa en la intuición, la misma que usan los científicos o ingenieros para inferir soluciones o respuestas de dudas donde aún faltan evidencias que validen lo que es cierto, pero que se oculta a los ojos de los más y de los menos. Allí es donde, para mí, está Dios, y tal vez entenderemos cuando el profeta dijo: "¿Y quién de vosotros podrá, por mucho que se afane, añadir a su estatura un codo?" —respondió el profesor.

- Entonces, ¿usted cree en la existencia del diablo? —continuó José.

- ¡El diablo! —repitió el profesor con cierto tono alto y un tanto sarcástico. Luego agregó—: Satanás, Mefistófeles, Lucifer, Ángel caído, Belcebú. Todos estos nombres y más se le han otorgado a esa figura. Las referencias en la Biblia sobre el diablo, en realidad, son pocas. Los cristianos creen que el demonio fue un ángel caído que se reveló contra Dios y en un combate fue vencido por el arcángel Miguel. Pero yo prefiero la visión de San Agustín.

El profesor prosiguió con una risa sarcástica:

- Primero, San Agustín le dio forma filosófica al cristianismo al tomar los conceptos de Platón y adaptarlos a la doctrina cristiana. Defendió la existencia de una sola alma y el poder de una sola voluntad, expresando: "Era yo mismo quien quería, yo quien no quería; yo era yo." Así que, si algo malo hacemos, es porque nosotros lo permitimos. Para San Agustín, somos pecadores natos, jajajajaja. —se rió—. No necesariamente apoyo todo lo que él exponía. —añadió con sarcasmo.

El profesor continuó:

- Para Agustín, la verdad es la medida de todas las cosas, y Dios es la verdad. La verdad no acepta la trampa, y con la verdad se elige el camino del bien. Dios es también felicidad, pero la felicidad de Agustín está basada en aquellos hombres que hacen lo mejor con lo que tienen. La vida sencilla y en paz ligada a la existencia de Dios. Es de tomar en cuenta que San Agustín era casi un hombre de lo que llamo Edad Media temprana y es aquí donde se empieza a gestar la idea que la risa esta más ligada al pecado y al mal comportamiento y que la felicidad en realidad está ligada es a un proceso de paz espiritual. Es por eso que los demonios usan la risa sarcástica para burlarse del ritual del exorcismo.

- Pero… ¿qué era el mal para Agustín? —preguntó el profesor retóricamente—. El mal es la ausencia de Dios. Despoja al mal de toda entidad y excluye la responsabilidad de Dios, creador de todo, de su existencia. El caído, al alejarse de Dios, elige voluntariamente el camino del mal, la ausencia de

Dios. Entonces, si Dios es felicidad y paz, el demonio será lo contrario.

José escuchaba atento y con gusto esta clase particular de tan erudito catedrático, pero al mismo tiempo quedaba con la duda de si lo que había visto estaba fundamentado en hechos reales o era un efecto de una enfermedad mental. El profesor intuyó lo que pasaba por la cabeza de José y completó con estas ideas:

- En mi trabajo de campo, he observado cosas que hasta el día de hoy no les encuentro explicación. Por ejemplo, una ama de casa que afirmaba ser poseída por el espíritu del indio Guaicaipuro. No presentaba un cuadro de enfermedad esquizoide o paranoia ni ninguna afectación mental visible. Sin embargo, cuando estos eventos la afectaban, la señora cambiaba drásticamente su tono de voz, y su constitución física también se veía afectada. Sus pupilas se mantenían inmutables, y su discurso no era el de la mujer que normalmente yo me había acostumbrado a conocer. También he presenciado personas que mostraban un estado catatónico extremo, pero los análisis psiquiátricos no mostraron enfermedad mental alguna. No estoy diciendo con esto que estas personas estuvieran poseídas por un demonio, pero ciertamente tenían un cuadro que hasta ahora no tiene explicación, y el ritual del exorcismo actúa como una especie de tratamiento que, en algunos casos, resulta ser más efectivo que las drogas de un psiquiatra. Claro está, no olvidemos que estas personas se han desarrollado en un contexto de creencias que les permite internalizar esas experiencias como una situación sobrenatural. Aquellas personas que están alejadas de las creencias religiosas definirán estos eventos como depresiones extremas, psicosis, comportamiento violento extremo debido a problemas mentales o socioculturales, etc. ¿Pero no son estos acontecimientos o dolencias una expresión más de la maldad? Ya sea desde el punto de vista religioso o desde la visión del ateo, todas estas aflicciones, independientemente de lo que creamos, terminan causando daño. Podríamos concluir que el mal existe independientemente de tus creencias o posturas, porque el bien está directamente relacionado al bienestar del alma y de la consciencia, pero el mal es todo lo opuesto. Entonces, si me preguntas si creo en la existencia del diablo, yo te diría que sí. Porque creo que en este universo existen dos fuerzas que están en constante lucha, y una es el bien, representado por lo que algunos llaman Dios, y la otra es el mal, que dentro de nuestra sociedad hemos denominado el diablo.

Su explicación era exacta y convincente, llena de conceptos sólidos. Además, su manera de abordar el tema era muy amena. Sin embargo, ya se había hecho tarde, y José tenía que regresar a Cabimas. El camino de tomar el autobús en el terminal no era muy agradable debido al calor del Zulia, algo a lo que él no estaba acostumbrado. Procedió a darle las gracias por el tiempo que abusó de su confianza, y en un apretón de manos se despidieron. Antes de irse, pudo notar en el profesor una mirada sombría y un último consejo, tal como: "Ten cuidado de lo que buscas porque hay cosas que es mejor dejarlas en donde están."

Llegó José al terminal, se subió al bus a esperar que se llenara, y una imagen de Cristina se adentró en su cabeza. Al mismo tiempo, miraba a la gente, grupos de personas con bolsas y sacos en la mano llenas de mercadería; parecía aquel lugar un bazar de la ciudad de Estambul. Los rostros de algunos indios guajiros se cruzaban en su vista, y algunos de ellos se acercaban a venderle por la ventana cualquier tipo de cosas con el acento típico guajiro.

- Mirá[77], chico, compráme[78] este reloj que está muy bueno… es un Rolex, —decía uno de ellos.

- No le hagáis caso, —decía otro. – Mejor me compráis este celular, —replicaba su competencia.

La tarde caía, la temperatura se hacía más soportable. La luz del sol se reflejaba en el vidrio de

---

[77] La gente de la zona usa el acento en su forma gramatical aguda, aunque la palabra es de acentuación grave

[78] Esta palabra es de acentuación gramatical esdrújula, pero en la zona se usa como palabra de acentuación grave

la ventana del puesto donde José estaba sentado. Una brisa levantaba el polvo, el cual hacía de prisma natural para que la luz del sol de la tarde se viera un tanto rojiza. Sentía sueño, y el autobús comenzaba su travesía.

Pasaron frente a una iglesia y los mendigos de siempre a la puerta. Algunos, simples estafadores que simulan faltarles un brazo o una pierna; otros, las personas olvidadas de la gracia de Dios y que no encuentran salida a su pobreza. En el autobús, la persona de costumbre pedía dinero para ayudar a un familiar enfermo o con la excusa de no conseguir trabajo. Su guion ya ha sido repasado miles de veces en miles de salidas de autobuses de este tipo, y algunos pasajeros le gritan: — ¡Vete a conseguir trabajo, que no estás para estar pidiendo dinero! — José sonríe porque le causa gracia el acento maracucho[79] y sus respuestas tan honestas que no lo piensan dos veces para expresar lo que piensan de la persona.

El pedigüeño se baja del autobús en la primera parada, y el vehículo toma la vía rápida para dirigirse al puente de Maracaibo. Ocho kilómetros de puente sobre el gran lago. El cielo todavía refleja sus azules, aunque la tarde ya se adentra en la noche. José se quedó dormido y un rápido sueño lo envuelve. La imagen de la niña se le presenta.

---

[79] Persona oriunda de la ciudad de Maracaibo, Venezuela

Primero hermosa con sus cabellos largos y en una postura un tanto lujuriosa, pero luego se transforma en una anciana de ojos rojos y voz chillona. Se despierta sobresaltado. Asume que ha estado muy expuesto al tema y espera llegar a su destino. Mañana será otro día.

Segundo exorcismo

Esa jornada, José se adelantó con el propósito de entablar una conversación con el sacerdote, un hombre que le resultaba afable. A diferencia del arquetipo del anciano clérigo que insiste en predicar sobre Dios, el pecado y las amenazas del inframundo para aquellos que no pisen la iglesia, este individuo demostraba ser una persona cultivada y compasiva. Con una comprensión profunda de las dificultades del hombre contemporáneo, equilibraba su fe con la noción de que la mente desempeña un papel fundamental en el bienestar de las personas.

En aquella ocasión, el sacerdote irradiaba confianza. Su presencia estaba impregnada de un aura diferente, como si hubiera evolucionado para transformarse en el caballero de brillante armadura dispuesto a sacrificarse por viudas y huérfanos. Parecía preparado para enfrentar al dragón.

Durante el encuentro, indagó acerca de la prometida de José y cómo había transcurrido su fin de semana. Gracias a los pormenores proporcionados por el monaguillo Pedro, el hombre parlanchín de la parroquia, el sacerdote ya estaba al tanto de la participación de José en un curso prenupcial y de los detalles circunstanciales de su situación. Pedro, el proverbial "hombre de los detalles" en la parroquia, se había encargado de transmitirle la información.

José compartió con el sacerdote los detalles de su conversación con el antropólogo y le planteó la cuestión de Cristina, indagando sobre su opinión actual. El religioso señaló que, si bien había aspectos en el caso que sugerían traumas no resueltos, también existían pruebas de una posible posesión demoníaca. La voz gutural, la inusual fortaleza en una joven de complexión delgada, la expresión en latín eclesiástico y la aversión a los símbolos sagrados eran indicios que apuntaban hacia esa posibilidad.

"¿La posibilidad?" – reflexionó José para sí mismo. "Entonces, el padre no está completamente seguro", continuando en su disertación.

- Ya veremos, – intervino el sacerdote, interrumpiendo la escena y levantándose para recibir a Cristina y sus acompañantes.

La joven regresaba con su madre y hermano. Aquí, quiero detenerme para detallar a la madre, pues resaltar sus características es fundamental en esta narrativa. La señora, de alrededor de cincuenta años, lucía un cabello corto y negro, con una contextura equilibrada, ni delgada ni corpulenta. Su figura denotaba un cuerpo bien conservado que resaltaba las líneas femeninas. Sin embargo, su rostro reflejaba el agotamiento de enfrentar problemas y la desesperanza que los acompañaba.

Según los relatos de Pedro, el perspicaz monaguillo que estaba al tanto de todo, la actitud de Cristina empeoraba cada día, tornándose más violenta y grosera. Experimentaba episodios de incontinencia y, en ocasiones, pasaba largos periodos sin ingerir alimentos. Además, su patrón de sueño se había desvanecido, y las noches las pasaba paseando en círculos por su habitación, recitando frases sin sentido. El vecindario, temeroso, se mantenía a distancia, y la familia había sido marginada como si fueran una enfermedad contagiosa, marcando el rostro de la madre con un claro signo de agotamiento.

El hermano, unos dos años menor que Cristina, poseía una estatura intermedia, ni muy alto ni muy bajo. Su constitución era de tamaño mediano. El rostro, adornado con algunas pecas, presentaba una tez pálida, de cabello negro y liso. Se mostraba como un joven bueno, diligente y cortés, un tanto ingenuo en sus gestos y juegos. Lo más desgarrador era la forma desconsolada en que se comportaba al presenciar la transformación de su hermana en algo que ya no era Cristina, lo que lo llenaba de sufrimiento al sentir sinceramente el dolor que experimentaba ella.

Finalmente, la atención se centraba en Cristina, una joven de aproximadamente diecisiete años. Su rostro, de forma ovalada, resplandecía con una tez blanca, pelo largo de un tono marrón tendiente al oscuro, y unos hermosos ojos redondos y negros. Se notaba que había perdido considerable peso, aunque en algún momento debió tener un cuerpo bien definido, similar al de su madre.

El sacerdote la condujo hacia una silla, cubriéndola nuevamente con el manto púrpura y colocándole el crucifijo en la mano izquierda. Santificó el entorno y a los presentes con agua bendita, dando paso a la siguiente oración.

- Señor Jesucristo, Verbo de Dios Padre, Dios de toda criatura, que diste a tus santos Apóstoles la potestad de someter a los demonios en tu nombre y de aplastar todo poder del enemigo; Dios santo, que al realizar tus milagros ordenaste: 'huyan de los demonios'; Dios fuerte, por cuyo poder Satanás fue derrotado...[80]

Cristina permanecía apacible, incluso los presentes seguían los rezos según las indicaciones del sacerdote, y Cristina se sumaba al rezo. Su expresión era serena, incluso alegre. Todos llegaron a pensar que tal vez Cristina estaba curada. Sin embargo, transcurrido un tiempo, de manera súbita,

---

[80] Texto tomado del ritual de exorcismo usado por la iglesia católica

se contrajo como si un dolor agudo la golpeara desde el interior, para luego girar el rostro hacia el sacerdote y, con una voz de mujer madura, pronunció:

- Usted sabe padre Rubén que lo más difícil de todo es que ya ni me quiero parar de la cama, no quiero ir a la escuela o salir con mi familia. Hay días mejores y otros horribles. Estoy cansada de las voces, estoy cansada de las personas que me agreden, estoy cansada de todo.

- A veces lloro cuando llueve y nadie lo nota. Dibujo muñecas, muñecas de todo tipo, – se ríe con lágrimas en los ojos

- Me gustan los animales y dibujar en el aire. En las nubes, yo imagino que vuelo, - vuelve a sonreír llorando y agrega…

- Pero ya nada me hace feliz, ya no lloro y eso duele. Ya no me siento con vida. Debería irme y pasar al otro lado. Allí no me espera más que la soledad absoluta. La nada, pero también el fin de mi sufrimiento.

- Tiene idea lo que es vivir tu vida primero con el prozac[81] luego el clonazepam[82]? – sonreía en forma tenue y melancólica.

---

[81] Psicotrópico usado por personas que padecen enfermedades mentales
[82] Psicotrópico usado por personas que padecen enfermedades mentales

Mientras ella expresaba una serie de ideas, el sacerdote perseveraba con disciplina inquebrantable en el proceso del ritual, sin prestar atención a los diálogos de la muchacha. Los presentes continuaban repitiendo los rezos prescritos, sumergidos en la solemnidad del momento. El murmullo de las palabras sagradas llenaba la estancia, contrastando con la desconcertante interacción de Cristina.

Sus palabras fluían con una cadencia inusitada, como si una fuerza ajena las guiara. El sacerdote, imperturbable, mantenía su atención en el ritual, mientras los asistentes buscaban comprender el significado detrás de las expresiones de Cristina. La atmósfera se cargaba de una tensión palpable, como si los límites entre lo terrenal y lo divino se difuminaran en esa confrontación espiritual.

Los rezos continuaban como un eco constante, proporcionando un contrapunto sonoro a la situación. La voz de Cristina antes serena, ahora resonaba con una profundidad inesperada, como si una entidad desconocida la utilizara como vehículo para transmitir un mensaje más allá de la comprensión humana.

- Exorcista:

- ¿Renuncian a Satanás?

- Todos:

- Sí, renuncio.

- Exorcista:

- ¿Renuncian a todas sus obras?

- Todos:

- Sí, renuncio.

- Exorcista:

- ¿Renuncian a todas sus vanidades?

- Todos:

- Sí, renuncio.

- Exorcista:

- ¿Renuncian al pecado, para vivir en la libertad de los hijos de Dios?

- Todos:

- Sí, renuncio.

- Exorcista:

- ¿Renuncian a las seducciones de la iniquidad, para que no los domine el pecado?

- Todos:

- Sí, renuncio.

- Exorcista:

- ¿Renuncian a Satanás, que es el autor y el príncipe del pecado?

- Todos:

- Sí, renuncio.

Cristina miraba como si de una broma se tratara y de tanto en tanto se reía, pero también lloraba y súbitamente comenzó a recitar estos versos:

El mundo está al revés

No sé si tú lo ves

Tal vez llegue muy tarde

Pero yo ya me cansé de hacer el juego

El loco del galpón

Me dice que el amor

Es el único calmante

Que lo trae a la razón

No quiero tu inyección

No más lexotanil

Yo prefiero las flores

Que me hacen sonreír

Las lágrimas y la saliva corrían descontroladas por el rostro y la boca de Cristina. Se devoraba lo poco que le quedaba de uñas, y su mirada, anteriormente perdida en el vacío, se centró en la figura de José. La vista puesta en él, su sufrimiento puesto en él, su rabia puesta en él, su desesperanza puesta en él, su temor puesto en él. Este giro repentino lo turbó y, en respuesta, José experimentó una clara pérdida de control. El sacerdote lo notó de inmediato y lo llamó una, dos, tres veces, hasta que finalmente le gritó: - José, José, reacciona. Concéntrate en el rezo.

Tuvo que ser llevado fuera del área administrativa hacia la capilla para evitar que la afectación continuara. Pedro colaboró en esta tarea, aprovechando también la oportunidad para alejarse de la escena, ya que el ambiente se había vuelto tenso, obsceno, y malsano. Una extraña oscuridad se cernía fuera de la iglesia en una tierra donde normalmente abunda el sol, y una inexplicable sensación de frío invadía el área administrativa, inusual para la región.

Una vez afuera, los gritos y alaridos de Cristina resonaban en el aire. La madre lloraba desconsolada, mientras las voces del sacerdote ordenaban al hermano que la sostuviera.

La situación se prolongó durante diez minutos más, hasta que gradualmente el sacerdote logró llevarla a un estado de relativa calma. La sesión de exorcismo había concluido, pero el problema aún no estaba resuelto. Cristina salió acompañada de su familia, visiblemente descompensada. Pedro los escoltó en el camino, ya que vivía en el mismo barrio. El sacerdote salió pensativo, y José se sintió avergonzado por haber abandonado la sesión en el momento en que más se le necesitaba.

- Padre, discúlpeme por haber abandonado la habitación y no haber controlado mis nervios, – expuso José.

El sacerdote le dirigió una mirada bondadosa a José y le aseguró que no había problema. Incluso añadió: "José, si Pedro, quien negó a Jesús tres veces y es la roca sobre la cual se basa esta iglesia, ¿qué quedará para nosotros?" Luego, continuó:

- Lo has hecho bien.

José encogió los hombros y quedó sumido en sus pensamientos antes de preguntar: – ¿Qué piensa usted de lo que sucedió allí adentro, padre?

El padre frunció el ceño y abordó la situación más como psicólogo que como sacerdote, – No puedo dejar de cuestionar lo que acabo de presenciar. Como psicólogo, siempre he buscado explicaciones racionales para los fenómenos humanos. Pero lo que presenciamos... hay elementos que me indican la posibilidad de una entidad maligna que afecta a la muchacha, pero como psicólogo, también debo explorar todas las posibilidades. La psicosis, la esquizofrenia y otros trastornos graves pueden dar lugar a comportamientos que se asemejan a la posesión. La mente humana es compleja y a veces se manifiesta de formas asombrosas.

- Pero el cambio de personalidad y la voz de mujer madura que nosotros pudimos escuchar, incluso las facciones de su rostro eran otras, – señaló José.

- El desdoblamiento de personalidad, también conocido como trastorno de identidad disociativo o trastorno de personalidad múltiple, es un fenómeno psicológico complejo en el que una persona muestra dos o más identidades o estados de personalidad distintos y bien definidos. Cada una de estas identidades puede tener su propio conjunto de recuerdos, emociones, comportamientos y percepciones, - explicó el padre.

- ¿Entonces usted descarta la posesión? – preguntó José.

- No he dicho eso, José. Necesitamos más información antes de llegar a una conclusión. Pero, por favor, no descartemos ninguna posibilidad. Mi lucha interna entre la fe y la razón está lejos de terminar.

- Disculpe el abuso, padre Rubén, y no quiero que piense que lo estoy juzgando. Es solo que quiero entenderlo mejor. La cuestión es que, si el obispo le ordenó que practicara el exorcismo, y entiendo que los sacerdotes se deben a una obediencia inmutable, usted está aplicando más una sesión mezclada entre la psicología y la religión. ¿Cómo se entendería esto en el seno de la iglesia?... y le aseguro que yo no estoy juzgándolo y nada saldrá de estas cuatro paredes. Tampoco yo me prestaría a críticas en contra de su persona, pues tengo una gran confianza en usted, pero quisiera entender.

Una sonrisa tenue se mostró en el rostro del sacerdote, y luego argumentó,

- El hecho de que seamos obedientes no quiere decir que no tengamos sentido común. Dios nos ha otorgado la inteligencia para poder usarla y resolver nuestros problemas y los problemas de los demás. Yo, como sacerdote, tengo la misión incontestable, inamovible e irrefutable de ayudar a las personas, incluso a riesgo de ser afectado en mi propia estabilidad como sacerdote de esta iglesia que tanto quiero. Creo firmemente que una manera de llegar a Dios es cumpliendo ese mandamiento que nos legó Jesús, instándonos a amarnos los unos a los otros. No estoy contraviniendo las órdenes del obispo, pero estoy agregando los conocimientos que yo tengo en base a mi formación como psicólogo.

José lo miró con gran respeto y luego añadió:

- Padre, definitivamente quiero que usted sea el cura que me case con mi prometida. Usted es un buen hombre, y sería una ventaja comenzar mi vida de casado con la bendición de alguien como usted.

- No seas zalamero, José. No me hagas cometer el pecado de la vanidad, – manifestó el sacerdote con una sonrisa tenue.

José respondió con otra sonrisa cómplice, y estuvieron conversando un rato más acerca de diversos temas. Luego se despidieron, quedando para una tercera sesión el lunes siguiente. El padre prefería darle tiempo a Cristina para que se recuperara y, al mismo tiempo, reflexionar sobre la situación. La conexión entre José y el padre Rubén se fortalecía, trascendiendo los límites de las sesiones de exorcismo y abriendo la puerta a una buena amistad entre estos dos personajes.

¿Sugestión?

José cerró el libro, exhausto después de horas de inmersión en documentos del siglo XVII sobre posesiones documentadas por la iglesia. Había rastreado patrones que coincidían con el caso de Cristina, pero la hora ya era avanzada, y la jornada laboral del día siguiente lo esperaba. Con resignación, cerró los libros, se desvistió y se dirigió al baño para tomar una ducha.

La lluvia caía intensamente, acompañada por truenos ocasionales. José colgó la toalla en la baranda del baño y se quedó un rato observándose en el espejo. Fue entonces cuando escuchó ruidos de arañazos en la pared. Desvió la mirada hacia el origen de los sonidos, pero no pudo precisar el lugar exacto. "¿Ratas?", pensó inicialmente, aunque recordó que este era uno de los signos mencionados en los manuales de exorcismo en relación con la infestación.

Una sonrisa nerviosa asomó en su rostro, pero se dijo a sí mismo: "Deben ser ratas". A pesar de sus nervios, continuó con la ducha. De vez en cuando, lanzaba miradas furtivas hacia la puerta del baño, vigilando cualquier movimiento, pero al mismo tiempo se reía de sus propios temores.

Terminó su baño, apagó la luz y se encaminó hacia la habitación para ir a dormir. El baño quedaba en una dirección diagonal respecto a la puerta de su cuarto. Sentado en el borde de la cama y secándose los pies, José reflexionaba cuando, de manera abrupta y sin intervención humana, la luz del baño se encendió

- ¡Nojoda! – se dijo a sí mismo en voz alta.

Un ruido en la pared era una cosa, pero que una luz se encendiera sola era motivo de profunda reflexión. José se quedó como petrificado, sin saber qué hacer, sintiendo un nudo en la garganta y recriminándose por involucrarse en un tema tan extraño como el exorcismo. A pesar de ello, intentó buscar una explicación lógica y encontró la respuesta perfecta: "Sí... tiene que ser un contacto eléctrico dañado", pensó para tranquilizarse.

Se levantó de la cama, caminó hacia el baño y apagó la luz. Luego regresó a su habitación, cerró la puerta apagando la luz una vez dentro, y se metió en la cama con la esperanza de poder conciliar el sueño. Le costó un poco entrar en el sueño, pero finalmente lo logró y se sumergió en pesadillas sin sentido

¡Rraaaww! Un estrépito ensordecedor cortó el silencio nocturno. La tormenta había alcanzado su máxima furia, y un trueno resonó cerca de la casa de José, haciéndolo despertar de repente.

- ¡Dios! – se dijo así mismo muy alterado.

- ¿Que fue eso? – continuaba en su soliloquio

Comprendió que había sido un trueno porque la tormenta seguía retumbando de tanto en tanto con explosiones similares. Los rayos iluminaban la noche y su luz se colaba por la ventana, dejando miles de sombras al descubierto en la habitación de José. Por un rato, se quedó contemplando cómo las grandes gotas de lluvia golpeaban el vidrio del ventanal. Observaba también las luces distantes de la ciudad y de algún vehículo solitario, así como los lejanos anuncios de neón. Le gustaba mirar la lluvia, escuchar los truenos y sentir el viento fuerte de las tormentas. Aquello no le causaba temor; más bien, le mostraba la belleza de la naturaleza. Se sintió más tranquilo.

- ¿Qué hora es?... coño – se preguntó mientras buscaba el despertador.

Observó que eran las 3:05 a. m. Pensó que debía trabajar temprano al día siguiente y que le costaría retomar el sueño. Aun así, intentó volver a dormir. Minutos después, la tormenta había cedido y la lluvia se convertía en llovizna.

Estaba a punto de sumergirse en el sueño cuando el ruido de algunos objetos retumbó en la cocina. El problema no era simplemente algo que caía y ya está, sino más bien el sonido de objetos que eran tirados o rodados de manera continua.

- ¡Mierda!, – se dijo muy preocupado.

A eso no le podía encontrar explicación. ¿Un ladrón? Podría ser, pero ¿quién roba en una cocina? ¿Nuevamente la teoría de las ratas? Pero la verdad es que él nunca había visto ratones en ese apartamento.

José se acurrucó en la cama y le pidió al alma de su padre que lo protegiera. También se encomendó al padre Pío, del cual era devoto. No quiso llamar a su novia para no preocuparla y decidió esperar para ver cuál era el resultado de estos extraños acontecimientos. Sintió miedo, pero también tristeza, ya que el recuerdo de Cristina le vino a la mente, pensando en lo terrible de su sufrimiento, cualquiera que fuera la causa.

- "Dios tengo miedo", – pensó

- "Ayúdame a encontrar la paz", – solicitó en una especie de oración corta y muy sincera.

Recordó que había experimentado un evento similar días después de la muerte de su padre, y en aquella ocasión también sintió miedo, pero la inmensa tristeza de la pérdida lo invadió. No había sido un buen hijo en los últimos años de la vida del viejo, a pesar de que de niño era muy apegado a su progenitor. Recordó que, en aquella ocasión, las lágrimas surcaron sus mejillas mientras pedía paz, y milagrosamente logró dormirse a pesar de la impresión de esos sucesos.

Pero no era la única vez que había experimentado eventos similares. Recordó las pesadillas horribles de su niñez que lo hacían levantarse a medianoche entre llantos, buscando a su padre y madre. También trajo a su memoria su vida en el ejército y aquella ocasión en la que, estando en el límite entre el mundo de los sueños y el despertar, se vio rodeado de ancianos que le acariciaban la cabeza y mencionaban la palabra "pobrecito". Sí, pobrecito, era una época difícil para él. Estaba en el lugar equivocado, en una vida que no era la suya. Lo extraño de aquel evento es que tuvo la idea de que esas personas eran algunos de sus antepasados que no tuvo la oportunidad de conocer en vida. Lo curioso es que no sintió miedo, más bien experimentó una especie de bondad en esas acciones.

Esta vez, el resultado fue similar luego de solicitar paz y tranquilidad. Decidió no verificar la causa de este evento y, de manera casi milagrosa, pudo conciliar el sueño.

Cristina

En los escasos momentos de serenidad, Cristina se acomodaba en el sofá de la sala, compartiendo la quietud con su madre y sumergiéndose en la atmósfera familiar. En esa jornada, procuraba hallar distracción entre las páginas de una novela mientras se hallaba sola en la sala; su madre, entre tanto, se dedicaba a los preparativos de la cena. En un estado inusualmente apacible, disfrutaba de la sensación de bienestar tras un almuerzo satisfactorio y un paseo matutino bajo el cálido sol zuliano

A pesar de las miradas curiosas de los vecinos, quienes la contemplaban como un ser fuera de lo común, Cristina no se veía afectada en lo más mínimo; se sentía plena consigo misma. Sin embargo, lo vivido durante el buen día que tuvo, quedó atrás al cerrar el libro en la sala de su hogar, permitiéndose sumergirse en los recuerdos infantiles. En ese mismo escenario, cuando contaba apenas con 7 años, regresaba de la escuela y se encontraba con su madre en el mismo sofá. En aquel entonces, su progenitora lucía notablemente más joven, recordándola como una figura encantadora que la abrazaba con ternura y la cargaba en sus brazos, brindándole esa sensación inigualable de protección y cuidado.

No obstante, el presente reservaba un giro abrupto. Un dolor penetrante en el vientre interrumpió sus recuerdos, curvándola sobre sí misma mientras emitía un gemido seco. Al alzar la mirada, se encontró con una visión espantosa, una presencia que no estaba físicamente presente pero que se manifestaba en sombras, ruidos discordantes y rostros deformes.

- ¡Mamá!, mamá!, ¡mamá!, – gritaba

La madre, abandonando las tareas en la cocina, acudió rápidamente al llamado de su hija. El terror que envolvía a Cristina alcanzó tal intensidad que provocó reacciones involuntarias; la chica se vio sobrepasada, orinándose y defecándose en medio de la sala. Entre sollozos desgarradores, sus ojos reflejaban un miedo tan profundo que resonaba en el alma de su madre, quien, impotente ante la situación, también lloraba.

El silencio en la sala se quebraba únicamente por los sonidos estremecedores de la angustia compartida. La madre se arrodilló junto a Cristina, tratando de abrazarla con la misma ternura que en aquellos días de la infancia, buscando calmar el tormento que se desataba en el interior de su hija. Sin embargo, la presencia invisible continuaba su danza macabra, proyectando sombras que oscurecían el semblante de la joven.

En medio de la desesperación, la madre, con los ojos nublados por las lágrimas, se aferraba a la esperanza de encontrar alguna forma de alivio para Cristina. La impotencia y el desconcierto se entrelazaban en la habitación, como una maraña de emociones incontrolables. La realidad y la pesadilla se entremezclaban, desdibujando los límites entre lo tangible y lo imaginario, mientras madre e hija se enfrentaban juntas a un horror que desafiaba toda lógica.

- ¡Dios mío hija! ¿Qué te pasa niña? – gritaba su madre

Cristina, en el umbral de manifestar su faceta más oscura, se veía poseída por una ira y violencia que amenazaban con desencadenarse sobre cualquier objetivo. En esta ocasión, la madre se encontraba a solas con ella, plenamente consciente de que la fuerza de su hija escaparía a todo intento de contención. A pesar de este conocimiento, la madre, en un acto de valentía sumamente noble, suprimió su propio temor y se aferró a su hija con determinación

En un abrazo firme, la madre rodeó el cuerpo de Cristina, quien aún lloraba entre sollozos agitados. A pesar de la tormenta interna que envolvía a la joven, la madre no cedió ante el miedo. En lugar de eso, susurró palabras de cariño al oído de Cristina, como un intento desesperado por romper las cadenas de la furia que amenazaban con consumirla.

Las palabras amorosas se entrelazaban con el caos en la habitación, creando un contraste impactante entre la tempestad emocional de Cristina y la calma aparente de la madre. Aunque consciente de la imprevisibilidad de la situación, la madre persistía en su intento de ser el ancla que devolviera a su hija a la realidad. El abrazo se convertía en un nexo entre el amor y la desesperación, mientras ambas luchaban contra las sombras que oscurecían la mente de Cristina.

- Ya está mi niña, mama está aquí mi bebe. Que la virgen te proteja mi cielo, mamá está aquí mi bebé

Cristina rujía, insultaba, convulsionaba

- ¡Perra! Eres una perra, te voy a matar. – decía Cristina

Pero la madre insistía con paciencia y sumo amor en su intento por calmarla. La paz poco a poco tomo su turno y los rugidos de la muchacha amainaron. Las malas palabras fueron sustituidas por el llanto y luego pequeños gemidos. La madre la recogió y la limpió para llevarla a la cama. Rato después llegó el hermano para ver la escena donde su madre limpiaba el desorden de heces y orina. El muchacho con lágrimas en los ojos y sin decir nada ayudó a su progenitora.

Esa noche madre e hija compartieron cama. Cristina volvió a defecar y orinar su ropa, pero dormía. La madre la abrazó. La respiración de Cristina se daba con dificultad, la madre le tomó la tensión y estaba a punto de estallar, pero eran muy pobres y no tenían recursos para ir a ningún lugar además de ser unos parias para el resto del barrio por lo que no obtendrían ayuda de nadie. La señora pensó que esa noche su niña moriría, entonces la abrazó como cuando era una niña. El olor y la suciedad no le importaban, Cristina seguía siendo su bebé. El amor por encima de cualquier cosa. La muchacha recobró la calma, su respiración se estabilizó. Se puede decir que Dios estaba allí.

Tercer exorcismo

Su voz, aunque calmada, resonaba con una tristeza que dejaba entrever la lucha interna que Cristina experimentaba. La habitación se llenaba con la pesadez de sus palabras, mientras el padre Rubén y los presentes observaban con atención, sin entender bien que sucedía.

La expresión en el rostro del padre era de desesperación al comprender que no lograba aliviar el sufrimiento de la muchacha. En un momento determinado, detuvo el rito y, con seriedad, preguntó en respuesta a la última insinuación de Cristina:

- ¿Por qué intentarías hacer eso? – sacerdote

- Porque no quiero enfrentarme a nada – respondió Cristina con voz dulce y baja casi inteligible y con el rostro casi alumbrado de una súbita belleza

- Ya lo has intentado antes, - sacerdote

- Si, - respondió Cristina asintiendo así mismo con la cabeza de arriba abajo casi como si fuera una niñita

- ¿Cuántas veces lo has intentado? – sacerdote

Cristina bajó el rostro hacia la izquierda y, con una tristeza azul, volvió a dirigir la mirada al sacerdote. Sin embargo, con el rostro ligeramente inclinado hacia la derecha, pronunció las palabras: "Ya van varias veces...", y la frase resonó en la habitación como un dulce susurro.

- ¿Por qué intentas suicidarte? – sacerdote

Cristina movió los ojos de izquierda a derecha, como si estuviera buscando la respuesta correcta. Bajó un poco el rostro y luego soltó una respuesta un tanto más intenso, sin llegar a denotar rabia, solo con un matiz más determinado - Estoy desesperada, no puedo enfrentar las cosas... - Se encogió de hombros y agregó, con voz cargada de resignación: - Cosas que han surgido así que creo que la salida fácil es terminar todo

El silencio en la sala se volvió aún más palpable ante estas confesiones. El rostro del padre Rubén mostraba una mezcla de preocupación y compasión. La habitación parecía contener un universo de emociones y secretos, mientras todos esperaban a ver qué revelaría la próxima respuesta de Cristina.

- ¿No has intentado hablar esto con tu madre? – sacerdote

- Cuando era pequeña y antes que mi padre nos abandonara, yo intentaba atraer la atención de mi

231

padre, hacía berrinches, rompía cosas, pero nada sirvió. Lo único que lograba era que otras personas incluida mi madre vieran lo herida que estaba y la verdad no quería que lo notaran así que intenté hacer lo contrario, que nada me importara y eso funcionó pues la gente creía que nada me importaba.

Luego de esta última respuesta Cristina mudo a su estado más violento y se desdobló en rugidos y un lenguaje ofensivo extremo. José, y el monaguillo tuvieron que controlarla, pero el padre se acercó a la chica y tomando el rostro en sus manos y casi como en ruegos le preguntó.

- ¿Dime hija, que pasa, dime que sucede, como te podemos ayudar?

Terminado esto, el padre la acercó hacia su pecho con un abrazo sumamente tierno, repitiendo la misma pregunta con una calma firme.

Cristina se resistía al abrazo de forma feroz. Rugía, gritaba, luchaba, profería ofensas, pero el padre no desistía en su accionar. Mantenía su abrazo con determinación, como un faro de compasión en medio de la tormenta de emociones que envolvía a la joven.

La escena se desplegaba como un conflicto entre fuerzas invisibles, mientras el sacerdote persistía en su esfuerzo por liberar a Cristina de las sombras que la aprisionaban. La habitación se llenaba de una energía intensa, a la espera de que algún destello de esperanza pudiera atravesar la densa oscuridad que rodeaba a la joven.

- ¿Dime Cristina, que pasó contigo? – gritaba el sacerdote

- Vete a la mierda cura estúpido, - respondía la chica

- Dime muchacha, que ha pasado contigo, yo sé que estas allí

- Nooo, vete a la mierda, abusador, no me toques, te dije que no me toques, no lo hagas

De pronto, la niña perdió sus fuerzas y el padre permitió que se relajara, observando cómo ella tendía a recostarse en el suelo. En medio de un llanto que alcanzaba niveles de melancolía, expuso:

- Yo no tuve la culpa mamá, yo no tuve la culpa. Yo peleé todo lo que pude. Yo le decía que no pero el insistió. Me golpeó, me amenazó. Yo no tuve la culpa. No vino mi papa, no vino.

La niña lloraba, pero esta vez era la Cristina que todos conocían. No había una voz extraña, no había una respuesta psicótica; esta vez, era una respuesta honesta y directa, una solicitud de ayuda muy centrada, muy bien pensada. El sacerdote la tomó en sus brazos y le aseguró que todo estaba bien, que él y su familia estaban allí para ayudarla. Le garantizó que nadie le haría daño y que todo estaría bien, porque nadie tenía el derecho de juzgarla.

Era obvio que Cristina había sido víctima de un abuso, un agravio, un ultraje. Nunca tuvo un padre que la protegiera y hiciera valer sus derechos. Con un hermano muy joven y en un barrio que más bien parecía una selva, los muchachos se aprovechaban de cuanta Cristina pasara por sus manos. La chica que siempre había sido la muchacha modelo se enfrentó a la maldad del mundo y, ya sea por evitarle un disgusto o un sufrimiento a su madre, se había ido hundiendo en un mundo de psicosis y demonios que bien ocultaban esta mancha.

José se sentó en una silla cercana y con lágrimas en los ojos sintió una vergüenza ajena. Se vio incluso reflejado en esa crueldad donde el hombre ve a la mujer como la presa que debe poseer. La maldad de la humanidad había manchado a esa muchacha y sus heridas la habían apartado del mundo de la cordura. La buena voluntad y el buen juicio de un sacerdote, junto con la infinita bondad del hermano de Cristina y de su madre, la habían mantenido atada a este mundo y la habían traído nuevamente al mundo de la consciencia.

Pasaron unos veinte minutos, Cristina sentada en una silla abrazaba a su hermano. Las sugerencias del sacerdote acerca de los tratamientos más idóneos para la pequeña se sucedían. La vorágine de rugidos y voces discordantes había cesado por completo; Cristina experimentaba una sensación de liberación tanto en su interior como en su apariencia.

A medida que los días se deslizaban, José optó por dirigirse a la iglesia acompañado de su prometida. Al llegar, contempló a Cristina reposando en el umbral del patio, bajo la resplandeciente luz del sol de las tardes zulianas, que confería una paleta intensamente colorida a su entorno. Las hojas de los árboles parecían más verdes, las frutas silvestres y las flores del monte más rojas, los contornos del templo y los vitrales más blancos... ¡y qué vitrales tan hermosos! La atención de José fue nuevamente capturada por la representación de Miguel dominando al diablo, haciendo eco de la idea de que el bien puede prevalecer de vez en cuando.

Por otro lado, la presencia de Cristina adquiría una nueva dimensión. Ataviada con un vestido blanco acentuado por círculos negros, desprendía coquetería. Un toque de maquillaje en su rostro otorgaba un matiz rosado a sus mejillas. Su piel, ahora recobrando el matiz del sol, ya no experimentaba temblores en sus manos. Aunque algunas señales del tiempo marcaban su rostro, nada que el transcurrir del tiempo no pudiera purificar. Una dulce sonrisa adornaba su semblante, intensificándose cuando el padre Rubén se acercó a saludarla. José, por su parte, permanecía en segundo plano, distanciado para no perturbar la delicadeza de la escena.

Una vez Cristina se alejó del lugar en compañía de sus familiares, José se acercó al padre Rubén para saludar. Estuvieron conversando de cosas varias y entre ellas del estado de Cristina que según el padre Rubén era alentador. Hubo un lapso de silencio y José le preguntó al sacerdote

- ¿Padre, que cree que paso con Cristina? ¿Sería una posesión?

- Para ser honesto no tengo idea y no me importa. Lo importante es que Cristina está bien… ¿no crees?

José asintió con una leve sonrisa, pero al rato preguntó

- ¿Usted cree que el demonio existe?

- Claro que si Jose. En cada traición, abuso, lujuria, violencia, egoísmo, él está presente.

- ¿Pero entonces usted cree que esto fue solo un evento de psicosis relacionado a una enfermedad mental? – continuó José

El padre lo miró y con mirada amable continuó

- ¿Qué esperabas tu ver, José? ¿Un diablo con cachos lanzando fuego por los ojos y con una cola larga? ¿Tú crees que una entidad tan antigua y perfecta sería tan tonta como para presentarse de una manera tan obvia?

Jose miró al vacío por un rato y luego retomó la vista del sacerdote y con cierta duda preguntó

- ¿Pero cree usted en Dios?

- En Dios…. claro que creo en Dios José. Porque Dios está en cada nuevo amanecer, en la inocencia e imaginación de los niños, en la sonrisa de Cristina con la esperanza de seguir luchando, en el amor de una madre por su hija, en la constancia de la amistad y así en tantas cosas buenas que si existen en el mundo. Allí está Dios porque Dios es incluso más perfecto que el diablo, pero el a diferencia del demonio no se esconde, más bien se nos muestra de todas estas formas, pero en nuestra imperfección somos incapaces de notarlo.

José sonrió con satisfacción y aceptando la invitación del cura se dirigieron a la iglesia para dar gracias por ese nuevo día.

Fin

www.ingramcontent.com/pod-product-compliance
Lightning Source LLC
Chambersburg PA
CBHW060135130626
46556CB00006B/2357